作家出版社
建社70周年
珍本文库

1953 — 2023

作家出版社建社70周年珍本文库

策划 / 鲍　坚　张亚丽

终审 / 颜　慧　王　松　胡　军　方　文

监印 / 扈文建

统筹 / 姬小琴

出 版 说 明

　　1953年，作家出版社在祖国蒸蒸日上的新气象中成立，至今谱写了70年华彩乐章。时代风起云涌间，中国文学名家力作迭出，流派异彩纷呈，取得的成绩令世人瞩目。作为中国出版事业的中坚力量，作家出版社在经典文学出版、作家队伍建设、文学风气引领等方面成就卓著，用一部部厚重扎实的作品，夯实了新中国文学的根基。为庆祝作家出版社成立70周年，向老一代经典作家致敬，向伟大的文学时代致敬，我们启动"作家出版社建社70周年珍本文库"文学工程，选取部分建社初期作家出版社首次出版的作品重装出版，彰显中国风格、中国气派和文学价值观上的人民立场，共同见证新中国文学事业的勃发和生机。相信这套文库的文学价值和社会意义，将随着时间的推移而日益显示出来。需要说明的是，由于一些原因，未能尽数收录建社初期所有重要作品，我们心存遗憾。衷心感谢中国作家协会、各位作家及作家亲属给予本文库的大力支持。

作家出版社

内容简介：

　　著名翻译家、作家叶君健的当代短篇儿童小说集，收录了《新同学》《小仆人》《妈妈》《旅伴》《"天堂"外边的事情》《别离》《鞋匠的儿子》等七篇作品。这七篇作品都直接描写国外儿童少年的生活，塑造了很多生动有趣的人物形象，充满了异域情调，向读者展示了叶君健儿童文学创作的独特风格："世界性"的书写。

叶君健

（1914—1999）

著名翻译家、作家。湖北省红安县人。曾任文化部对外文化事务联络局编译处处长、《中国文学》副主编、中国作家协会书记处书记。叶君健是中国第一位从丹麦文翻译并系统全面地介绍安徒生童话的翻译家。1988年，由丹麦女王亲自授予"丹麦国旗勋章"。主要著作有童话集《叶君健童话故事集》，长篇小说《土地三部曲》，译作《安徒生童话全集》等。

新同学

叶君健

作家出版社 首版封面

《新同学》

叶君健 著

作家出版社1962年5月

新同学

叶君健 ○ 著

作家出版社

图书在版编目（CIP）数据

新同学 / 叶君健著 . --北京：作家出版社，2023.10
（作家出版社建社 70 周年珍本文库）
ISBN 978 - 7 - 5212 - 2457 - 3

Ⅰ.①新… Ⅱ.①叶… Ⅲ.①儿童小说 - 短篇小说 -
小说集 - 中国 - 当代 Ⅳ.①I287.47

中国国家版本馆 CIP 数据核字（2023）第 156753 号

新同学

策　　划：鲍　坚　张亚丽
统　　筹：姬小琴
作　　者：叶君健
责任编辑：邢宝丹
装帧设计：棱角视觉
出版发行：作家出版社有限公司
社　　址：北京农展馆南里 10 号　　　邮　　编：100125
电话传真：86 - 10 - 65067186（发行中心及邮购部）
　　　　　86 - 10 - 65004079（总编室）
E - mail: zuojia@zuojia. net. cn
http: // www. zuojiachubanshe. com
印　　刷：北京盛通印刷股份有限公司
成品尺寸：142 × 210
字　　数：130 千
印　　张：5.625
版　　次：2023 年 10 月第 1 版
印　　次：2023 年 10 月第 1 次印刷
ISBN 978 - 7 - 5212 - 2457 - 3
定　　价：68.00 元

目录

新同学

还没有摇下课铃，夏克斯就已经烦躁起来了。他捏了一个小拳头，在抽屉底下轻轻地敲了两下。为什么他要干这样无意义的事情呢？唯一的解释是手痒，他控制不住。声音像是从远处山谷飘来的一个稀薄的鼓声，立刻搅乱了教室里所有学生的注意力。拉都先生把本子一合，停止了讲课。他的一双鼓得要跳出来的眼睛很自然地掉向这个刚满十三岁的学生。

"离下课还有五分钟，你就已经捶起桌子来了，"他对夏克斯说，"你真不愧是一个铁锤！"

"铁锤"是同学们给夏克斯起的绰号。这个绰号比他的真名字还响亮，连老师都知道。不过老师只要提到这个绰号，气就消了。夏克斯也就将计就计，立刻装得正经起来。他直起腰，望着黑板，似乎是在认真听讲的样子，甚至当拉都先生说的那五分钟已经过去了，他还待在座位上不动。但是当老师刚一走出教室，他就像一只小兔子似的从另一个门溜走了。

他急急忙忙地跑到学校后边的一个树林里，在一条潺潺的小溪旁站住。他沿着溪流向外边瞭望，一直望到溪流拐弯那儿的一个村庄为止。他没有看见他所要寻找的那一个同学。

"难道他已经知道我今天要来找他吗？"他自言自语地说，"尼米诺，你要是想故意避开我，那么你等着瞧吧。"于是他捡起一个石块，狠狠地向溪流打去，以发泄他心中的气愤。石块落下的地方，溅起一大摊水。就在这个时候，一个长满一头棕色鬈发的孩子从堤岸下边走出来了。

"吓，当心不要打着人的脑袋！"这个孩子说。

"原来你藏在这里！"夏克斯用一个惊喜的声音说。但他马上意识到自己不应该显得太高兴了，因此他板起面孔，以命令似的口吻补充了一句："你是故意避开我吗？"

"我根本就不认识你，为什么要避开你？"

"但是我认识你，你叫尼米诺，从辟勒尼斯山[1]那边迁来的，对不对？（尼米诺点点头。）米莉早就告诉我了，你们在一班，对不对？（尼米诺又点点头。）我在第三班，是这里最大的一个学生。我叫夏克斯，绰号叫'铁锤'，你听见过没有？"

尼米诺轻轻地把头摇了两下。

这个姿势是夏克斯没有预料到的。这个新同学居然连自己的大名都不知道！他本能地捏了一个拳头，在空中虚晃了两下。尼米诺的视线紧紧地跟着这个拳头绕了两个圈子。

夏克斯看到尼米诺这样重视自己的拳头，感到很满意。他作出一个微笑，轻声地说："不要怕，我的拳头从不打同学的。我只不过喜欢在下课以前敲敲桌子罢了。改不过来……"他停顿了一下，于是用一个更低的声音继续说："这里的同学我没有

---

1. 这是横贯在法国和西班牙国境上的一条山脉，山这边是法国，山那边就是西班牙的巴斯科地区。

哪个不认识的，只是还没有和你打过交道。今天我才特别来找你。请告诉我，课间休息的时候，你为什么老避开我们，不到操场上来玩玩？"

"妈妈叫我少跟大伙玩。"

"为什么？我们又不是老虎！"

"当然不是，妈妈怕我跟大伙一道会惹出祸来。"

"惹出祸来又怎样？难道有人会吃掉你不成？"

"当然不会，但拉都先生会停我的课。"

"天下哪有这样的事？不要怕，我们能读书，你也能读书！明天是星期天，上午我们要在拉伐尔老头的葡萄园里开个联欢会，欢迎你来参加。每个新来的同学，我们总是要欢迎一次的。"

夏克斯的这一段话是用一种带有权威性的口吻说的，因为他在同学中不仅年纪长，力气也最大，同时也是一个头脑最灵活的学生。所以他就无形地成了孩子们的一个首领，许多事都是由他带头来做的。

尼米诺望着他眨了眨眼睛，犹疑了一阵。最后他点点头，表示接受了夏克斯的邀请。夏克斯也把手伸向他，表示愿意做他的朋友。尼米诺紧拉着他的手摇了两下。于是他没有说什么话就走开，因为上课铃已经响了。夏克斯静静地望着他的背影：这是一个短小精悍的同学，他身材轻巧，步子沉重而稳，是一个典型的巴斯科山民 [1]。夏克斯不由得喜爱起他来。

　　尼米诺是一九三九年初西班牙内战快要结束的时候，和他

---

1. 巴斯科人是西班牙境内一个富于幻想、感情容易激动的古老民族。鲁迅先生
　曾译过西班牙作家巴罗哈所写的一本关于这个民族的小说集《山民牧唱》。

妈妈一道逃到辟勒尼斯山这边来的。那时弗朗哥的法西斯军队已经基本上占领了巴斯科[1]。尼米诺的父亲—— 一个革命诗人——是政府军的一个上尉，就在那和法西斯军队最后的一次遭遇战中牺牲了。所以对于山这边的居民说来，尼米诺和他的妈妈不仅是一个外国人，而且还是一个政治难民。法国人民有一个优良的传统，就是他们从来不歧视善良的外国人，特别是一个为民主而斗争的外国人的家属。尼米诺和他的母亲一到来就得到当地居民的照顾。村头那间看守果园用的小石屋，就是这样腾出来让给他们住的。村人还经常雇用尼米诺的妈妈来帮忙摘葡萄、做奶酪或缝衣服。这样，母子的生活也就基本上有了保障了。

这里只有一个人不欢迎他们。那就是当地的大葡萄园主拉伐尔老头。他是一个顽固的保皇党的后裔、守财奴和当地居民所谓的阴谋家。他曾经利用葡萄歉收的荒年，通过高利贷的方式，把这个山谷里能种植葡萄的平地，大部分都陆续收入自己的手中。但他成为了当地的土财主还不过瘾，他还想做当地的土皇帝。因此他非常害怕山那边西班牙人民的革命。尼米诺和他的母亲，作为一个革命军官的家属，在此地定居下来，这当然更会引起他的嫉恨。尼米诺母子如果没有当地老百姓的支持，他早就要把他们母子俩赶走了。他使尽一切力量在他们的生活中制造困难。譬如最近尼米诺到了入学年龄，他就利用他是当地小学校董的职权，私自告诉校长拉都先生不要让这个

---

1. 一九三六年七月西班牙的法西斯将领弗朗哥叛变，向西班牙人民阵线政府的政府军进攻；叛军在意大利的法西斯墨索里尼和德国的希特勒支援之下，在一九三九年击败了政府军建立起法西斯政权。巴斯科是最后被弗朗哥占领的一个地区。

孩子入校。村人对这件事群起抗议，说这样做丢尽了法国人的脸。拉都先生在群众舆论压力之下，也只好把尼米诺收进来。但是他暗中对尼米诺的妈妈提出了一个条件，那就是尼米诺最好不要跟同学来往，免得"惹祸"。事实上这也是拉伐尔老头出的主意。他疑神疑鬼，认为这个孩子既是一个革命者的儿子，脑袋里一定装满了"危险思想"。他就是害怕这个巴斯科孩子会在当地各村居民的下一代中传播这种"危险思想"。尼米诺的妈妈为了使孩子能够读书，也为了使拉都先生不致丢掉饭碗，就同意了这位校长所提出的条件。

对于尼米诺说来，夏克斯请他去参加"联欢会"，倒是一件蛮富有诱惑性的事情。他的生活的确很寂寞，他很想和同学们在一起玩玩。他虽然不认识夏克斯（因为他住在另一个村），但是看样子，这位绰号叫"铁锤"的同学倒很像是一个耿直的人。应不应该去参加他的"联欢会"呢？这时他想起了一件事情：妈妈大概是不会同意的。

但是在他的孤寂生活中，这个"联欢会"的诱惑力委实太大了。在星期六的晚上，他就已经做起梦来，梦见他参加了。大家都热烈地欢迎他，送水果给他吃，讲故事给他听，同班的那位女同学米莉甚至还拉着他的手跳了一场西班牙舞。米莉是一个黑眼珠小个子的女孩子，样儿很像西班牙安达路西亚州的吉卜赛人。她坐在离他前面十排一个靠窗子的座位上。他一抬头就会看到她的背影和铺在她的背上那一长条像流水似的黑发。他在思想上已经把她当作一个熟人，一个"同乡"了，虽然他从来没有和她说过话。的确，有一次下课时，她在教室门口碰见他，还对他微笑了一下，而且她笑时还露出一排非常整齐的白牙齿。因此，他这次在梦中拉着她跳舞，并不能说是偶然的事件。

　　梦醒以后，尼米诺当然很失望。说来也奇怪，这种失望的心情使他更想去参加那个"联欢会"。说不定米莉真的就在那里呢。所以第二天他吃完早饭后，就急急忙忙帮助妈妈把盘子和茶杯洗完，然后悄悄地溜回自己房间里去。这时妈妈就坐到缝纫机旁，踏起机器来——在葡萄收获季节完毕以后，她主要是靠缝纫来维持生活的。机器声一响，尼米诺就赶忙换上他那套唯一的漂亮衣服：一件蓝色天鹅绒紧身上衣和一条黑色灯芯呢裤子——这都是妈妈用爸爸的旧衣服改作的。于是他就踮着脚在妈妈的背后溜出了大门。

　　一到野外，他的心花就开放了。他从来没有感到过这样自由，这样快乐，这样幸福。

　　但他还没有走到夏克斯所约定的地点，他的心儿就忽然地突突地狂跳起来了。他想起了在家里踏缝纫机的妈妈，顿时他觉得他做了一桩对不起妈妈的坏事。怎么办才好呢？他感到很矛盾。他心里想转身回去，但是他的脚却不由自主地在继续向前走。他抬头望望天，希望天能够给他一个忠告。天是乳白色的，夹杂着几片蔚蓝的云彩。两只燕子在它下面不慌不忙地飞来飞去，飞的时候还唱出了一支歌。它们似乎在说，这样好的时光，你为什么要回到那个阴暗的石屋子里去呢？事实上，他的步子已经走近了拉伐尔老头的葡萄园。他停下了。

　　他隐约听到同学们的噪声。他实在舍不得离开他们。他灵机一动，决定选一个隐蔽的地方藏下来。他想，这样做他既对得起妈妈——因为妈妈一直忠告他少和同学们玩，免得"惹祸"，同时也可以偷偷地欣赏一下同学们的"联欢"。他所选的地方是在离葡萄园约莫两百米远的一个山坡上。坡上的荆棘丛很多。他就坐在三个荆棘丛所形成的一块空地上。从这个位置，他可以看到外面，但是外面的人却看不见他。

"联欢"的地点是拉伐尔老头葡萄园中央的一块空地。这块空地长满了绿草，上面摆了好几个石桌子和石凳子。它在名义上是专为那些摘葡萄的妇女休息之用，但事实上它是收获季节时作为临时葡萄堆积站而设的。为了灌溉的便利，拉伐尔老头把这个山谷里他所占有的葡萄田都连成一片，连走路的地方都不留下。所以他有必要腾出这块空地，作为联系的交接点。但当地的孩子们却把它当作一个游戏场——附近一带的确也没有比这再好的平地。虽然拉伐尔老头禁止他们到这儿来玩，但他们在思想上却不认为他有这种权利，因为这整片广大的葡萄园都是从这些孩子们的父兄手中吞并去的。

尼米诺在他选好的那个位置上，朝葡萄园中央的空地眺望。孩子们已经来得不少，有的在围着石桌吃东西，有的在拉开嗓子唱歌，只是作为这次"联欢"的主持人的夏克斯却没有到来。他到哪儿去了呢？有一个女孩子呆呆地站在一旁，向远处瞭望。看样子她大概是在寻找他。看她那副盼望的、焦急的神情，尼米诺不禁感到难过起来。这时他的心跳了一下。原来她就是昨天晚间他所梦见的米莉。她是不是在等待自己呢？她可能知道自己会去的。是的，她一定知道。她一定是在等自己！不，她是在等夏克斯。你看，她忽然高兴得跳起来了，因为夏克斯远远地从葡萄垄中走过来了。他的那个大脑袋和他那双宽阔的肩膀高高地显露在葡萄叶上面，她简直高兴得要拍起掌来。不知怎的，尼米诺这时倒希望她能变得低调一点，不要表现得那么快乐。为什么他忽然有这样一种幸灾乐祸的心情呢？他也说不出一个理由来。不过米莉的高兴倒也马上就消失了，因为夏克斯的脸色沉了下来。他们一起在指手画脚地谈论什么事情。可能他们就是在谈论他。夏克斯到来得这样晚，可能就是他到葡萄园外边去找过他而耽误了时间。但是他，尼米诺，作为客人，为什么不到场呢？他感到非常惭愧。他很想立刻就跑下山坡来向他道歉。但是他还没有站起来，就又想起了妈妈。他虽然不知道拉伐尔老头的阴影像一层魔障似的紧紧地罩在他们的头上，但他知道妈妈是在艰难的生活中挣扎。他必须听她的话，因此他又坐下来了。

夏克斯看见尼米诺失了约，当然感到气愤。但是别的孩子既然都已经来了，"联欢会"还得开下去，不过头一个节目——即介绍尼米诺的那个节目，得删去罢了。所谓"联欢"，说起来也够寒酸：这里既无糖果，也无音乐，当然更谈不上茶水。它的主要内容，除了第一个节目外，剩下的只是一场集体游戏。在这个游戏里面，每个人都有机会出场——至少一次，这也就算"联欢"了。游戏的内容是根据古代希腊传说中一个英雄故事编成的，由夏克斯导演。英雄奥狄赛参加特洛伊的战役，出征了二十年，没有音信。在他的家乡流行着许多关于他的谣言和传说，大多数的人都相信他已经死了。因此，有不少的年轻人都来向他美丽的妻子潘涅洛普求婚。其中有一个非常固执的年轻人，甚至在奥狄赛回了家以后，还来向潘涅洛普表示他爱慕的热情，坚持要得到她的好感。在这个游戏中，夏克斯扮演奥狄赛，米莉扮演潘涅洛普，其他的孩子则扮演邻人和求婚者。至于那个固执的年轻人，这个角色本来是分给尼米诺的，因为他在学校里老不爱讲话，也不和同学来往，夏克斯想借此来打破他的羞怯感（他以为尼米诺的拘谨是因为害羞）。但是他却没有到来。现在是由一个绰号叫"小毛驴"的学生临时来代替他的。

　　这位"小毛驴"可真算得是一个固执的人，当奥狄赛拿着戟和盾牌雄赳赳地从海外归来（也就是说从葡萄丛中曲折地走出来），站在自己家园的门口（也就是说，站在一个石桌前面）的时候，美丽而忠诚的潘涅洛普正坐在凉床上（也就是说，坐在一个石凳上）长吁短叹，因为她又听到了许多关于丈夫不幸的谣言。后来奥狄赛走进屋里来，彼此经过一番试探，终于证明了潘涅洛普在他远征期间一直是非常忠诚的。这时他们之间的快乐真是无法用语言来形容。就在这当儿，"小毛驴"出场了。他坚持表示他爱潘涅洛普，并且说奥狄赛无权再当她的丈夫，因为他是一个负心的人，"一去二十年，连信也不带回一封"。他要求扮演潘涅洛普的米莉接受他的爱情，也就是说，让他吻一下她的手，并且和她跳一次舞（因为他从来没有机会和米莉跳过舞）。奥狄赛当然不让。两方争持不下，本来是"联欢"，但因为"小毛驴"窜改了原来的故事情节，结果欢乐变成了嫉妒，奥狄赛和这个固执的年轻人打起来了。作为奥狄赛的卫士和随员的那一批孩子自然要来帮助他们的主人；作为这个固执的年轻人的邻人和朋友当然要来帮助这个痴情的求婚者。于是两方揪作一团，就在草地上滚起来了。不消说，他们一滚出了草地的范围以外就自然会碰到葡萄了。有好几棵翠绿的葡萄树就这样被他们压倒了。

　　米莉是两方争夺的对象。两方你推我拉把一个娇小的姑娘弄得蓬头垢面，不像人样。有一个粗鲁的小家伙，一下子不小心甚至还踩着了她的脚，弄得她尖叫了一声。藏在荆棘丛后面的尼米诺，听到这声尖叫，看到此情此景，心中感到难过极了。他觉得这时他再不站出来保护米莉，他简直就是一个懦夫。因此他不管三七二十一，就从山坡上冲下来，大喊一声："我来了!"不过他刚刚一到葡萄园中那块空地，马上就响起了另一个声音："我也来了!"后面这个声音引起了大家的震动，因为它是一个非常不友善的声音。抬头一看，果然不错，他们发现拉伐尔老头就站在面前。这个老头儿和尼米诺一样，一直就藏在附近的一棵大橡树后面；不过他不是欣赏"联欢会"，而是监视这群孩子。他已经摸到了他们的规律：每逢礼拜天，只要有机会，他们就必然会到他的葡萄园里这块空地上来玩耍。今天他一吃完早饭就到这里来了。

孩子们一看到拉伐尔老头出现，就不约而同地钻到葡萄垄里去，向各个不同的方向逃走了。但夏克斯没有逃，他认为好汉做事好汉当，没有害怕的必要。至于"小毛驴"呢，他不愿意逃，他要保护米莉，因为脚痛的米莉已经被拉伐尔老头抓住了——老头儿的另一只手同时也抓住了刚才到来的尼米诺，而且抓得特别紧，因为他最恨这个巴斯科的孩子。他是一个顽固的天主教徒。他认为孩子在礼拜天应该到教堂去做礼拜。现在他们不但不去做礼拜，反而到这里来捣坏他的葡萄树，简直是大逆不道。他认为，这一定是受了尼米诺所带来的"危险思想"的影响。因此在这一天他也只好牺牲了他一生所坚持的原则，没有到教堂去做礼拜，而却偷偷地跟在他们后面到这里来了。他这次下决心要整他们一下。

夏克斯一瞧见尼米诺，不禁怒火中烧，说："你这个捣蛋鬼! 我们请你来你不来，你却愿意现在来当一个俘虏! 真不识抬举!"米莉这时也对尼米诺起了反感，觉得他太傻了，一来就被人抓住。至于"小毛驴"呢，他的反感更大。他想，你这个胆小鬼，居然也想扮做一个情人，来向米莉求爱! 在这种情形下，尼米诺只好低下头，感到无限的孤独。

"跟我一道走！"拉伐尔老头厉声地对这个外国学生说，"这回我可抓住你们这批小流氓了！看你们还有什么话讲！"

"为什么要跟你走？"夏克斯也用一个大声音质问。

"因为你们糟蹋了我的葡萄，"老头儿理直气壮地说，"这是我的财产。"

"你的财产？"夏克斯捏了一个拳头，在老头儿的鼻子面前晃了几下，"这块地方原来就是我家的葡萄田，后来被你用诡计骗去了，我的爸爸没有办法生活，跑到海外去当水手，至今还没有回来。你的财产，你再说试试看？"

这句话也触到了"小毛驴"的痛处。他家里的几块葡萄地也是老头儿用诡计骗去的，现在合在这个大葡萄园里。所以他也捏了一个拳头，在老头儿的鼻子面前晃了几下。

"你这个老贪财鬼！"他气冲冲地说，"难道你还想当土皇帝不成？你有什么权力命令我们跟你走？"

"因为你们糟蹋了我的葡萄，"老头儿说，但是他的声音比刚才要微弱得多了，"我们得到儿童法庭[1]里去讲讲道理！"

这时米莉也火起来了。她家的几块葡萄地也被老头儿吞掉了，现在并在这个大葡萄园里。她狠狠地在老头儿抓住的那一只手上捶了一下，说："你的葡萄，你在这块葡萄园里劳动过吗？这儿的葡萄地是我们的爸爸和妈妈开垦出来的，每一寸土都有他们的血汗。"

听了这段话，老头儿简直气得要暴跳起来。他的脸一会儿

---

1. 这是欧美资本主义国家里推行很广的一种审判机构。它是一八六九年在美国麻省开始试行的。后来其他的资本主义国家也仿效起来。法国的第一个"儿童法庭"是一九一二年在巴黎设立的。

发青，一会儿发白，他恨不得能有四只手，把这四个顽童全部拖到儿童法庭里去。就在这时候，夏克斯对着他那鼓出的胖肚皮使劲地捅了一拳。老头儿摇晃了几下，但是没有倒。尼米诺和米莉趁势一摆，挣脱了他的手。他们就近向葡萄垄里一钻，飞也似的跑掉了。老头儿站在空地上，眼睛气得发直，胡子翘得有寸把高。他咬紧牙齿，连声狠狠地说：

"你们跑吧！你们跑吧！你们要能跑得脱我的手掌心，算你们有本事！我非整你们一下不可。是的，我非整你们这些龟孙子一下不可！"

他觉得不仅他的财产受了损失，他的人格也受了侮辱。他决定到儿童法庭去控告他们，借此"杀一儆百"。

拉伐尔老头果真很快就向儿童法庭提出控诉。但被告不是夏克斯，而是尼米诺。他这样做有他特殊的打算：夏克斯是本地人，如果控告他就会牵连到许多其他的孩子，而这些孩子的母亲都是拉伐尔老头收获葡萄和酿酒时不可缺少的廉价劳动力。老头儿不愿引起她们的反感，以免造成不利于他的形势。此外，放松这些孩子也是收买他们的一种手段，可以使他们站起来做不利于尼米诺的证人——事实上，他抓住尼米诺的时候，已经亲眼看见夏克斯对这个外国孩子有反感。他相信他们一定愿意把责任推到尼米诺身上而使自己脱身。一句话，他的目的是要孤立尼米诺，以便于他能最后把这个孩子和他的母亲从这个地区赶走，这既可以杜绝"危险思想"的根源，也可以借此警告其他孩子今后少在他的葡萄园地里捣乱——使大家都认识到"拉伐尔老头不是一个好惹的人物"！为了造成不利于尼米诺的舆论，他还怂恿拉都先生事先停尼米诺的课，以"整顿校纪"，并且还大张旗鼓地把停课的布告贴在学校的布告栏里。

这一套准备工作他在三天之内就全办完了。现在只等待儿童法庭正式开庭。

儿童法庭开庭的时候，尼米诺单独一人坐在被告席上，很突出，也很凄凉。其他的孩子——包括夏克斯、米莉和"小毛驴"——也都被传来了，不过是作为证人。尼米诺的妈妈和拉都老师当然也都在场——他们都算作旁听者。审判照惯例是不公开的，但是自从尼米诺因"捣毁拉伐尔老头的葡萄而被停课"的布告贴出去以后，许多人都对这件事情注意起来。因此与这件事毫无关系的孩子和他们的父母也都作为旁听者自动地涌进来了，挤得满满一屋。拉伐尔老头向四周望了一眼，非常满意。他就是希望旁听的人来得多，因为他想通过这件事来"教育大家"和显示他的威风。法官是站在他一边的。因为这位法官和当地的牧师和小学的校长一样，都是在他的影响下工作的。

法官在询问的过程中着重地提出：被告不仅带头捣毁了拉伐尔大爷的财产——葡萄，还用拳头打了拉伐尔大爷的肚皮。他要求陪审的人注意这一问题。于是他直起腰杆，眼睛向上一翻，向尼米诺作出了一个类似结论性的发问："你损害了人家的财产，又伤害了人身，你现在还有什么话讲？"

尼米诺没有回答，只是把头抬起来，向大家望了一眼。这时室内出现了一种极大的沉寂，连针落在地上都可以听得出来。

法官以为尼米诺害怕，于是又趁势追问了一句：

"你承认犯罪吗？"

尼米诺仍然没有作声。这次他把头掉向妈妈。妈妈也在望着他。这个一贯委曲求全、不声不响的巴斯科女人这次不知怎的忽然变得激动起来了。她的眼睛在射出愤怒的火花。尼米诺理解自己的妈妈。他知道妈妈现在不是为了自己不听话而在责备他，而是因为她心中有了不平才这样激动起来。他知道妈妈也非常理解自己：自己在蒙受冤枉。而法官现在恰恰要求自己撒谎，吞下这口冤枉，同时公开承认谎言是真理。他这时也记起了父亲的形象：他为了真理，为了正义，多么英雄地在战斗中交出自己的生命。

法庭仍然是沉寂的。法官在等待他的回答。

"我没有犯罪！"尼米诺用一个镇定的声音说。

"没有犯罪？"法官的声音像破竹似的变得嘶哑起来，他的眼球突出，似乎要飞出来的样子。

拉伐尔老头的那两撇大仁丹胡子则翘得发抖。他向四周扫了一眼。他发现夏克斯的手捏了一个拳头，并且跃跃欲试，似乎想要打人的样子。"他要打谁呢？"拉伐尔老头心里想，"他是捣蛋的祸首，但是这次我却没有控告他。他应该感到幸运了。他绝不是想打法官吧？是的，他大概是想做个姿态，打两下那个被控告的外国孩子，借此证明尼米诺的狡猾，自己的无罪！"拉伐尔老头在心中作出了这个结论以后，就向法官眨了两下眼睛，朝着夏克斯的方向作了一个歪嘴。

法官会意，就把头掉向证人席。

"请夏克斯作证！"他说。

夏克斯从证人席位上站起来。他的拳头仍然没有松，但不是指向尼米诺，而是对着拉伐尔老头。他的眼睛则瞪着法官。他用一个非常明确的声音说：

"拉伐尔老头的控告是撒谎！尼米诺根本没有捣毁他的葡萄，也没有捅他的肚皮。你们看，尼米诺是像打人的样子吗？是我在拉伐尔老头的肚皮上捅了一拳。你们看，我现在还捏着拳头，我还想捅他，因为他现在居然又敢在法庭上撒谎！我讨厌这个老狐狸精！我们村里的人哪个不讨厌他呢？他这次诬害尼米诺，单这件事就引起我们的憎恨。你们说对不对？"

夏克斯说完话后就把脸掉向村人。

室内起了一阵骚动。"对，完全对，捅得好。"这是村人同时发出的一个雷吼般的声音。在这种声音的震动下，那个在"联欢会"中扮演固执的求婚者的"小毛驴"也站起来了，他说：

"尼米诺是在我们散场的时候才到来的！倒霉得很，他一来就被拉伐尔老头抓住了。他才是一个正直的好人哩——不好也决不会被这个狡猾的老狐狸精抓住啦！"

这句话引起了另一个曾经被拉伐尔老头抓住了的孩子的气愤。这是米莉。她也站起来，说："尼米诺从来不惹祸，他在学校里一直是一个守规矩的好学生！"说到这里，米莉把头掉向拉都先生，用一个响亮而又尖锐的声音问："拉都先生，你知道得比我们更清楚，请你说吧！"

拉都先生的脸红了起来。大家的眼睛都在集中地注视着他。他感到非常惭愧，因为他想起了公布停尼米诺课的事情——这是他在拉伐尔老头的压力之下作的一件不光荣的事。他觉得他是一个可怜的懦夫——一个没有原则的人，不配当这些天真孩子的教师。经过了一番激烈的内心斗争以后，他终于站了起来，面对着大家说：

"是的，尼米诺是一个好学生，他的功课也不坏。不过拉伐尔先生一直不赞成我收这个学生。他说尼米诺是西班牙革命者的一个儿子，跟当地的孩子混在一起，会传染危险思想。他是学校一个有势力的校董，我不能不考虑他的意见。因此我还特地跟尼米诺的妈妈商量，希望她告诉孩子少和本地的同学来往。尼米诺很听话，的确没有和别的孩子一起闹过事，甚至还没有一起玩过。他过着一种孤独的生活。对于这一点，我一直感到很难过……最近我还停了他的课——这是拉伐尔先生强迫我作的。对于这一点我感到很惭愧……"

这段话还没有说完，场内就像触了电似的，震动起来。大家都离开了位子，以夏克斯、"小毛驴"和米莉几个小学生为首，像潮水一样向拉伐尔老头涌来。"没有想到这个老狐狸精对于一个外国来的难民，居然干出这样没有良心的事情来！"好几个愤怒的声音一齐说，"这是我们整个法国人的羞耻。揍死这个老狐狸精！"大家都一齐捏着拳头，一步一步向拉伐尔老头逼来。现在要想维持秩序是不可能的了，要继续"审讯"当然更谈不上。法官不停地摇着铃来维持秩序，但这只有增加众人的气愤。

拉伐尔老头早已看出苗头不对。在众人的拳头还没有落到他的脑袋上以前，他就真的像一只老狐狸精似的，从一个侧门溜走了。这使得众人更加怒不可遏。大家像暴发了的山洪，冲出了屋子，在拉伐尔老头后面追赶。法官坐在冷板凳上，感到身上有点发抖，他发了一阵子呆以后，看见没有人来理他，才算松了一口气，恢复了镇定。于是他像做了一场噩梦似的，颓然地站起来，把这件无头无脑的"案子"不声不响地收起，然后像拉伐尔老头一样，他也偷偷地从侧门溜掉了。

第二天大清早，夏克斯、米莉、"小毛驴"和其他几个曾经当过奥狄赛的"卫士"的小朋友，都不约而同地来到尼米诺家门口，邀他一道去上学。说来很奇怪，他们一下就成了很要好的朋友，虽然他们过去一直没有在一起玩过。当他们走到第一班教室门口的时候，夏克斯站在尼米诺面前，狠狠地把这个巴斯科孩子的肩膀摇了两下，说："现在我们了解你了。你是我们尊贵的客人，我们是你忠实的朋友。可再不要一个人溜到溪边去散步啦！"于是他把脸掉向米莉，继续说："我们把他交给你，他和大家还不太熟悉，你和他在一班，你有责任照顾他。"

米莉拉着尼米诺的手，低声地对他说："我很喜欢你，尼米诺，有好几次我想找你玩，但你总是一个人走掉了。"

"我也很喜欢你，米莉！"尼米诺也低声地说，"你知道，我并不愿意避开你们，不过……"

他说这话的时候，已经和米莉跨过了教室的门槛。这时教室里响起了一阵热烈的掌声。这位从巴斯科来的小学生一看就知道大家是在欢迎他。他呆呆地站在教室门内，一时控制不住自己的感情，竟流出了一大摊眼泪。站在教室外面院子里的夏克斯，遥遥地望着这情景，虽然不免有点嫉妒，也禁不住滴下两颗热泪。他和尼米诺一样，在这种友谊的气氛中，也从内心里感到温暖和幸福。

小仆人

阿布杜拉是一个跑腿的小听差。他的年纪虽然还不满十四岁，但是已经当了三年仆人。在这三年中他换过三个东家。第一个东家是开罗的一个做投机买卖的希腊商人，因为生意垮了台，把他解雇了。第二个东家是一个英国军官，因为要回国，把他移交给他的一位朋友苏理安夫人。苏理安夫人是苏伊士运河董事会的一位法国董事的太太。她像许多其他有钱的欧洲人一样，虽然是靠苏伊士运河吃饭，但却喜欢住在格齐拉[1]——当然这是好几年以前的事情了，而这里所讲的也是好几年以前的事情。

这件事发生在苏理安夫人吃午茶的时候。

苏理安夫人是在格齐拉的网球俱乐部里吃茶。为什么要在网球俱乐部里吃午茶呢？按风俗和习惯，一个法国人总是喜欢喝咖啡的，而且作为一个"贵妇人"喝咖啡也应该在沙龙里，

---

1. 这是尼罗河中的一个大岛。一条叫作"加士伦尼尔"的大桥把它和开罗连接起来，使它成为开罗的一部分。这里是名旅馆、板球场、网球场、跑马地和阔人的别墅的集中地。

而不是在一个打球的地方。但苏理安夫人的情况特殊。她自从到开罗来以后，不知怎的，没有两年，就忽然胖起来了，而且胖得有点近乎臃肿。她还只不过三十来岁，这种发展当然不能算是正常的。为了控制它，她遵照医生的忠告，每天下午到网球俱乐部里来打网球。每次打完球后，说来也奇怪，她总感到非常饿。

俱乐部是由英国人管理的。按照英国人的习惯，下午五点钟应该吃午茶，而吃午茶的时候，也按照英国人的习惯，可以吃夹肉三明治和奶油点心。苏理安夫人虽然讨厌身上的脂肪，但却偏爱富有脂肪的食物。固然这种食物可以抵消她从打网球所得到的效果，但她却不愿意放弃这种偏爱，因此她每次来打网球就必然要吃午茶。她不仅习惯了这种外国的习惯，而且还喜欢它。

吃茶的地方是在网球场下边的一个坪坛上。坪坛前面是沙滩，沙滩前面是尼罗河，对岸就是田野。只有俱乐部的会员才有资格到这个风景优美的地方来吃茶，而这里的会员又都只限于白种人（而且只限于男性）。但苏理安夫人是一个很有声望的会员亨利·苏理安的太太，所以她有资格进来。作为她的仆人，阿布杜拉也借光得以进来。

她为什么要把阿布杜拉带进来呢？这是由于这样一个原因：阿布杜拉是一个贝杜恩血统的阿拉伯人，身材轻巧，善于跑跳。苏理安夫人是一个不太高明的网球手。球打过来时她总是接不着，而她由于身体胖，动作笨，球打出去时对方也往往难以收到。在这种情况下，阿布杜拉就成为她打网球时一个不可缺少的人物。没有他在旁捡球，苏理安夫人恐怕打不到一个回合，就得退场了。不过她觉得阿布杜拉能因她的关系得以进入俱乐部是幸运的。她甚至还妒嫉他的幸运。

但阿布杜拉却不感到这种幸运。他固然能走进这个俱乐部，但他没有资格在这里吃茶。在网球场上来回不停地跑了三个来钟头以后，他现在感到饿得要命。他呆呆地坐在坪坛前面的沙滩上，干望着绅士淑女们有说有笑地吃丰盛的午茶，倒觉得有些讨厌呢。

"你看，他一点也不感觉到他的幸运！"苏理安夫人和她同桌吃茶的琼斯先生说，"阿拉伯人就是这样，不能欣赏高尚的环境。你看他坐在那儿的一副呆样子，简直可以说没有头脑。"

"我完全同意你的意见，"琼斯先生说，作出一个微笑，"但我不同意你的结论。他头脑是有的，不过不大喜欢用在正路上罢了。"

"对！对！对！"苏理安夫人表示同意，"没有人在旁边的时候，他的头脑可是复杂啦，不是打主意占点便宜，就是想办法偷点东西。"

"你的观察真锐敏，判断一个人可说是一针见血，"琼斯先生用称赞的口吻说——因此苏理安夫人才非常喜欢和他在一起聊天，"根据我的经验，凡是不诚实的孩子，表面上总是装得很老实的。"

琼斯先生是以一种带有权威性的口吻来下这个结论的，因为他是一个小学教员。他自认为懂得孩子的心理和习惯。他在国内的职业是当牧师，但是因为人心不古，对神的信念稀薄，他的事业没有什么起色，因此他筹了一笔旅费，离开英国，到东方来寻找"幸运"。在开罗，他遇见了苏理安夫人。苏理安夫人觉得他这位年轻的英国绅士潇洒而不虚浮，诚实而不拘谨，够资格成为她的朋友。因此她怂恿她的丈夫介绍他到这儿欧洲人办的一个子女学校去教书。他果然逐渐成了她的一个好朋友。他不仅到这儿来陪她吃茶（照巴黎的习惯，一个少妇没有年轻男子陪伴是一种寒碜和无出息的表示），有时还在她客厅里陪她吃晚饭，因为她的丈夫亨利常常因公住在波赛[1]。

"我完全同意你的结论！"苏理安夫人也用称赞的口吻说，"就拿皮埃尔打个比方吧。这个孩子在表面上不是顽皮透顶吗？但在内心里他是一个诚实可靠的孩子！"

琼斯先生把眉毛一扬，作惊奇状。

"我们怎能拿皮埃尔来与阿布杜拉相提并论呢？"他说，"皮埃尔是欧洲人。此外，他的出身！他出身于一个有光荣历史的世家！他的顽皮是一种聪明的表示。我非常喜欢他这个学生。是的，他的功课比较差一点，不大喜欢按时交作业。但是只要我把他叫到我的房里来，规定时间要他做，他总是能按时完卷的。我还没有看见过像他这样头脑灵敏的学生呢！他将来一定会像他的爸爸一样，能作出一番大事。"

皮埃尔正和他的爸爸在另一张藤桌上吃茶。他的爸爸是一个五十来岁的中年人，在这个俱乐部里大家都把他称为"总督"。这是因为他在维希政府[2]时期曾经在阿尔及利亚的奥兰省当过高级专员。那时他的派头很大，在阿尔及利亚人面前装腔作势，俨然像一个"总督"——而他的雄心也是希望将来能当上一个"总督"。他在贝当"元帅"领导之下，作了许多危害法国民族利益的事情，因此贝当垮台之后，他的官也垮了。不过

---

1. 这是苏伊士运河在地中海入口处的一个大城市。
2. 这是第二次世界大战期间"法兰西元帅"贝当组织的一个卖国政府，专门替德国法西斯效劳。阿尔及利亚当时就在这个"政府"控制之下，直到一九四二年盟军在西非登陆为止。

他和法国金融资本的关系很深。他摇身一变，成为开罗一个法国银行的经理，但是想当"总督"的雄心仍然未死。在这里的欧洲人中，他是一个名流，同时也是欧洲人办的子女学校的一个校董。琼斯先生上面的一段有关他的少爷的话就是故意讲给他听的。但是他正在聚精会神地和同桌的一位肥胖的少妇（身份不明）交谈，没有听着。可是皮埃尔倒听着了。他对老师的这番夸奖，感到非常得意。他立刻以实际的行动来证明他的"聪明"。

他蹑手蹑足地走到阿布杜拉后面，轻轻地把手伸到阿布杜拉的胳肢窝底下，冷不防地在那儿掏了两把。阿布杜拉全身掣动了一下，但是他没有站起来，因为他太疲倦了。他只是把头掉过来。当他看见是皮埃尔的时候，他鄙弃地望了一眼，什么话也没有说，仍然坐着休息。太阳照在他古铜色的皮肤上，使他看起来像一座雕像。

"你看他多狡猾，"琼斯先生对苏理安夫人说，眼睛望着阿布杜拉，"他知道他敌不过皮埃尔，所以他就装死！"

"我把这叫作懦弱，"苏理安夫人说，"我们欧洲人就不是这样。谁来逗我，即使不还手，也可以讲几句道理。阿拉伯人只会在暗地里捣鬼，当面讲理的勇气是没有的。"

"因此他们就需要我们来替他们维护正义，替他们主持公理。"琼斯先生说，好像他就是阿拉伯人的统治者似的。

接着他就啜了一口茶，叹了一口气。最后他沉思起来。看样子他似乎觉得他作为一个"欧洲人"，对有色人种在道义上负有一个担子，而这个担子非常重，重得使他扛不起来。当然这里所谓的"欧洲人"是指寄生在殖民地和落后国家人民身上的"白种人"。

苏理安夫人也叹了一口气，好像她是非常同情琼斯先生的心境的样子；但是她没有沉思。她拿起一块雪白的奶油点心，两口就吃完了。接着她又叹了一口气。这次叹气的性质不明，大概因为肚皮快要填满了，感到非常舒适的缘故吧。

那位"聪明"的小学生皮埃尔，看到他头一次挑衅没有引起反应，心里感到很不痛快。他回到他的爸爸"总督"先生的身旁来，喝了一杯牛奶，吃了两块三明治，越想越不够味儿。于是他又蹑手蹑足地走到阿布杜拉后面，拉开阿布杜拉小裤衩的松紧带，使劲地在这个小仆人的屁股上揪了一下。阿布杜拉本能地捏了一个拳头，用力地向后一挥，但皮埃尔已经跑远了。他虽然略微休息过来了一点，但仍然感到疲劳——而且非常饥饿。所以他依然没有站起来，只是狠狠地把这位顽皮的少爷盯了一眼，松开了拳头，仍旧坐着不动。

琼斯先生作为皮埃尔的教师，看到这种恶作剧，似乎颇为得意，但又似乎有点不好意思，因为大家都保持沉默，不发表意见。连皮埃尔本人也站在一边，感到有点没趣。在这种场合下，琼斯先生觉得他应该说几句话，打破这种性质不明的沉寂。

"这就是阿拉伯人的本质，"他说，意思是指阿布杜拉，"他本来是想打人的，但是看到对方的来历不简单，又有我们这些欧洲人在旁，他就把手缩回去了。他知道，动皮埃尔一根毫毛都不是好玩的。"

他在说最后这句话的时候特别提高了嗓子，希望皮埃尔的父亲能够听得见。果然不错，这次"总督"先生听见了。他中止和那位胖妇人谈话，掉过头，把注意力集中在苏理安夫人的桌子上。苏理安夫人看见自己的朋友的意见引起这样的重视，她谈话的兴致自然也就大大地提高了。

"阿布杜拉这个孩子的确是不老实，"苏理安夫人对琼斯先生说，但是眼睛却在斜斜地观看"总督"先生的颜色，"不要看他年纪小，没有人在旁边的时候，他什么坏事都做得出来。你叫他去买东西，他就要虚报价钱；你叫他看门，他就要搜你的柜子。只要他认为值钱的东西，他总要想办法偷走。"

琼斯先生摇了摇头，又深深地叹一口气。他当过牧师，有一种善于即席表演的本领。他做出过去他在教堂里讲道时那种悲天悯人的神情，表示他同情苏理安夫人的境遇，同时也怜悯阿布杜拉这个异教徒的邪恶。

"我真是为您担忧！"他像一个亲人似的用一种关切的口吻对苏理安夫人说，"这样下去，您的脆弱的健康情况怎么受得了？依我看来，倒还不如叫他走，另雇一个人。像他这样的人多的是。"

"你说得真轻松！"苏理安夫人用一种感伤的声音说，好像她"脆弱的"健康情况已经受到了损害似的，"对！像他这样的仆人多的是，但是他们每人的品质都是一模一样，没有一个好的！"

隔壁桌上的"总督"先生听到最后这句话的时候，不禁用手在桌上轻轻地拍了一下，似乎是叫绝的样子。他重视苏理安夫人的这个关于阿拉伯人的结论。他认为这个结论是一个具有普遍意义的真理。他一时压不住自己内心的冲动，也顾不得一般礼节，就扔开他同桌的那位胖妇人，把椅子拖过来，参加苏理安夫人和琼斯先生的对话。那位胖妇人也乐得清闲，她为自己换了一杯热茶，把自己面前一块白色奶油蛋糕端详了一会儿，盘算怎样去享受它。

"你刚才说的那段话可以说总结了我半生的经验，""总督"先生说，同时用一种赞叹的眼光望着苏理安夫人，"我在阿尔及利亚的时候，先后雇过不下二十多个佣人，没有一个不偷东西！"

"可不是！而且他们偷了东西还死也不承认呢！"苏理安夫人面对着"总督"先生，谈话的兴致更浓厚起来。于是她拉开话匣子，滔滔不绝地叙述一件伤心的事情："前不久，亨利从波赛带回一件生日礼物给我：一条精致的项链。这是他在一个阿拉伯人开的、有两百年历史的银匠铺里定做的——制作过程整整花了一个月的工夫！阿拉伯人的某些手工艺品我们欧洲人可是赶不上——这点我们得承认。那些链圈细得像发丝一样，戴在颈上普通的肉眼是看不见的。只有在霓虹灯或太阳光的照耀下，它才发出一道晶莹的光圈。它使戴它的人显得圣洁，显得高雅！细心的亨利，他无时无刻不在为我动脑筋。只有他才能为我想出这样一件礼物来。您可以想象得到，我是多么爱它！这不仅是由于它本身的美，而是由于它的美里藏着亨利的一颗更美的心。我只有出外做客时才戴它一下，一回到家我就把它收起来。有一天我刚一回家就接到亨利从波赛打来的长途电话，我顺手把项链摘下来，放在客厅的一个玻璃盘子上。后来我因为思考电话里讲的事情就把它忘了。您知道结果怎样？"

说到这里，苏理安夫人好像是要故意制造一种紧张局势似的，忽然顿住了。果然，正如她所希望要得到的效果，琼斯先生紧张起来。他脸上那副悲天悯人的表情一绷紧，就变成了一副哭相。

"结果怎样？结果怎样？"他迫不及待地问。

"还会怎么样呢？"苏理安夫人说，"它不见了。亨利不在家的时候，我的客厅里只有几个亲近的欧洲朋友进来。除此之外，就只有阿布杜拉偶尔进来听听使唤了。他的手脚素来是不干净的。见了这样的好东西他还能放松过去？所以他就把它偷走了。但他死也不承认。他偷这件东西无非是想拿去卖几个钱罢了。我答应给他钱，他也不接受。他倒要反问我一句：'为什么我无缘无故要接受您的钱呢？'你看他刁不刁？他还要装正经人，真把我气死了。"

琼斯先生松了一口气，觉得故事总算有了一个结局。

不过"总督"先生的心里却烧起了一股无名的怒火，他的脸涨得通红。

"这就是阿拉伯人的本质！"他义愤填膺地说，"他们没有一个可靠的人！他们还要闹什么民族独立！如果他们真的独立了，天下可真不知要搅成一个什么样子！他们在我们手上真是一个大负担。除了我们，世界上还有什么人愿意承担这个负担呢？"

"总督"先生把双手无可奈何地向两边一撒，好像这个负担就放在他的手中而他现在想要把它扔掉似的。但是他立刻又把双手收回来，好像又怕别人把它接过去了似的。这种矛盾的心情，说来也很奇怪，在他心中激起一种不可压服的仇恨。他像一头要吃人的野兽似的把眼睛掉向阿布杜拉，眼睛里几乎要迸出火花。在这种情形下，苏理安夫人和琼斯先生不知怎的也同时激动起来。他们怒气冲冲地望着这个还没有完全恢复疲劳的孩子，恨不得当场就要结结实实地捶他一顿。

阿布杜拉仍然坐在沙滩上，没有理会他们，虽然他已经隐隐约约听到了他们所发挥的关于他和他的民族的议论。他很奇怪，这一批"温文尔雅"的士绅怎么会忽然像发了神经病似的，变得这样狂暴起来，简直跟一群野兽差不多。

阿布杜拉的这种沉思的表情，使这几位高贵的客人更加怒不可遏，几乎要立刻就动手向他打来。"聪明"的皮埃尔当然不难即时就嗅到这种气氛。他的气焰顿时高涨起来。他觉得阿布杜拉太不买账，居然有两次不理他的挑衅。他想现在应该是他给这个小仆人一点颜色看的时候了。这次他不是蹑手蹑足向他后边走去，而是大摇大摆地走向河边——因为阿布杜拉是面斜对着河坐着的。他在水滩上选好一个姿势，弯下腰，把双手放进水里，使劲地搅起尼罗河的水，向阿布杜拉洒过来。他要把阿布杜拉淋成一个落汤鸡的狼狈样子，叫大家痛快地笑一通。头一下子，水只打到阿布杜拉的膝盖。第二下子，勉强打到他的鼻尖。第三下子，水还没有搅上来，可是皮埃尔已经因为用力太猛，身子往后一仰，连人带衣服滚到激流中去了。

尼罗河的激流的力量是相当大的，皮埃尔无法控制它，有点招架不住了。要想爬出来是绝对不可能的。这时坪坛上茶座间起了一片喧闹。"救人！""总督"先生带头喊。"救人！"苏理安夫人接着喊。"救人！"琼斯先生附和着喊。"救人"声震动了这片河岸。可是就没有人下水去"救人"。琼斯先生是这些高贵客人中最年轻的一位，大家都把视线集中在他身上，希望他有所举动。他也确是在作脱衣状，但是他始终不离开座位。大家面面相觑，一筹莫展。事态不能不说是紧急万分。如果真的像这些高贵的客人刚才谈话时所说的那样，种族间也有"勇敢"和"懦弱"之分的话，现在倒真是一个考验的时刻了。

"救命"声当然没有停止，只有扩大。但是皮埃尔已经不能等待，快要没顶了。

这时一直呆呆地坐着没有动的阿布杜拉，像睡醒了觉似的用手擦了擦眼睛，从河滩上站起来。他向坪坛上的茶客们望了一眼，并且等待了他们一会儿。这些绅士们只知叫喊，制造紧张空气，却不敢走到水边。阿布杜拉眼看再等下去是要误事了，所以他就三步并作两步，跑到水里，纵身一跳，钻进激流中去了。他是在尼罗河边长大的一个孩子，不仅会游水，而且还懂得水性。他顺着激流，一会儿就到达皮埃尔的身边。这位小少爷已经沉到水下面有尺把深了。阿布杜拉往水里一沉，没有费多大麻烦就抓住了皮埃尔屁股上的裤带。他像捞起一条死狗似的很快就把这位少爷拖到沙滩上来了。

少爷在水底下待了只不过几分钟，所以并没有死。不过尼罗河的水可是多喝了几口，所以他站在沙滩上有点发呆的样子。这时那些高贵的客人们可活跃起来了。他们都争先恐后地离开座位，向皮埃尔围过来。琼斯先生口中念念有词，在感谢"上帝"。苏理安夫人按照天主教的习惯，在胸前画着十字，连声不断地喊"圣母玛利亚"。"总督"先生双膝跪在儿子面前，连忙替儿子脱下被河水浸得透湿的衣服。他的嘴唇在颤动，他从心眼里想对阿布杜拉叫一声"救命恩人"，但是经过一番剧烈的内心斗争后，终于没有喊出来，因为阿布杜拉究竟是一个阿拉伯人，而且还是一个仆人：这样做会有失身份。

做父亲的"总督"先生怀着庆幸的心情替皮埃尔脱下鞋子，脱下裤子和衬衫。最后他接过一条毛巾，拉下儿子的背心，打算好好地在儿子身上擦一擦——擦得皮肉发红，免得伤风。但是当他还没有动手擦的时候，他发现皮埃尔胸前挂着一件非常精致的东西。这件东西在太阳光中发出晶莹的闪光。

苏理安夫人立刻停止念"圣母玛利亚"，一把抓住这件东西，连声说："这就是我失去的那条项链！"

"总督"先生当时就怔住了，因为他对于这件意外的事情一点也没有精神准备。但是他是一个有经验的人，他立刻就懂得事情的性质。为了缓和苏理安夫人的紧张情绪，他打算把话头岔开。他问儿子道："你又不是女孩子，戴这个东西干什么？"

"好玩！"皮埃尔直截了当地说——在太阳里晒了几分钟，他的精神又恢复过来了，"这个东西蛮好玩的，我喜欢它！"

可是苏理安夫人仍然不放手，她继续追问："可是不能因为喜欢就随便拿人家的呀！这是亨利送给我的生日礼物。你从哪里拿来的？"

"从琼斯先生房里拿来的，"皮埃尔得意地说，"他叫我到他房里去做功课，我就是在那里找到的。他把它藏得可真神秘啦！他把它放在一个小银盒里，又把小银盒放在枕头底下，他以为没有人能找得到！"

皮埃尔又在这里要表现他的"聪明"了。

苏理安夫人把脸掉向琼斯先生。"你……"她说不下去，脸上一阵发青。

琼斯先生不敢看苏理安夫人，把头稍微向下低了一点。"我……"他也说不下去，脸上一阵发红。

"总督"先生把视线从儿子掉向儿子的老师。"他……"他也说不下去了，脸上一阵发白。

在这段期间，阿布杜拉一直是站在太阳光里晒他身上穿着的那件唯一的衣服——小裤衩。他一直没有什么表示，因为他在"欧洲人"面前是从来不大喜欢讲话的，不管他们是曾经怎样谈论过他。但是现在他觉得他非讲几句话不可，不过他讲得非常简单。他说：

"你们现在知道吧，我没有偷你们的项链。我从来不偷别人的东西。你们是有钱有势的人，请你们记住，以后不要把坏事都往阿拉伯人身上推。我们要比你们高贵得多，也勇敢得多。"

出乎意料之外，小仆人阿布杜拉的这几句话并没有引起这批高贵客人的任何反响。他们像受了催眠似的你望着我，我望着你，相对哑然。他们的脸上一会儿发青，一会儿发红，一会儿发白，在阿拉伯天空的强烈的太阳的照耀下，煞是难看。这个俱乐部自从开办以来，人们从没有见过这样奇怪的景象。

妈 妈

"贝娜，你看看！"

这是一个突如其来的声音，贝娜好像是听到一声雷响。她猛一抬头，看见"教养院"的院长莫莱小姐。这位小姐就站在自己身边。她大概是偷偷地走过来的，她的脚步声一点也不响。

"你自己看看！"莫莱小姐重复地说。

贝娜蹲在地上。是的，她是遵照莫莱小姐的指示在看：她看到莫莱小姐的嘴唇紧紧地闭着，她那布满了皱纹的脸也沉下来了。莫莱小姐本来不过只有四十来岁，但她现在的这副表情却使她显得像一个年老的巫婆。贝娜打了一个寒噤，又把头低下来了。

"贝娜，我不是要你看我！"莫莱小姐提高了声音说，"是要你看看你自己的工作！"

贝娜于是又抬起头来。面前是一片广阔的田野。拖拉机在它上面像牵线似的来回走着。挂在它后面的翻土器像一排尖刀，在地面上划过去，又划回来。马铃薯一群一群地从翻开的土里钻出来，有的在滚，有的在跳。贝娜的工作就是要把它们收起来，装进麻布袋，运到它们所属的主人那里去。从早到晚，贝娜一直没有伸过腰。现在眼看时间已经不早了，她虽然已经装满了二十几个袋子，但马铃薯还在继续不断地从土里钻出来，躺在她面前有好一大片。

"你看见了吧？"莫莱小姐用手指着那一大片没有捡完的马铃薯。

贝娜点点头。她连回答的勇气都没有。她没有办法和拖拉机竞赛。拖拉机一天翻出的马铃薯，她两天也收不完；而莫莱小姐从田主人承包这件工作的时候，却答应一星期内就收完。贝娜即使是一个神仙，单独一人也无法完成这个任务，而莫莱小姐却要她一个人在一周内就"交工"。

时间一分钟一分钟地走过去，走得快，也可以说走得慢。它沉重的步子压在她身上，像一连串还不清的债务……拖拉机在东边的山坡上拐一个弯就不见了，留下一声同情的"明天见！"——这是拖拉机手对她打招呼，他要回家去休息了。

德汶郡[1]是一个潮湿的地区。太阳一落就有雾升起来。现在地面上又慢慢地升起了一层薄雾。美丽的山丘和田野变得模糊起来。天暮了。

"我说你是在磨洋工！"莫莱小姐说，"你就是这样一种人！"

贝娜听惯了这句话。她静静地把它吞下去，但是她的眼睛里充满了眼泪。莫莱小姐把大衣领子翻起来，紧紧地裹着她那个相当肥胖的脖子，慢慢地回到两里路以外的"教养院"去。贝娜用羡慕的眼光呆呆地望着她的背影，奇怪这位院长为什么是那样厉害，而她自己又为什么是那么无能。别人说她磨洋

---

1. 这是英国中部的一个农业区，风景非常优美。

工，她连辩都不敢辩一下。想到这里，她立刻低下了头。这时她又瞥见了那一大片捡不完的马铃薯。于是她跪在地上，像一个疯子似的，没命地把马铃薯往袋子里装，装……一阵晚风吹来，透过她那薄薄的上衣，钻进她的骨髓。一整下午没有直起过的腰，现在开始痛起来了，而且痛得厉害。寒冷的夜已经到来了。

一到了深夜，贝娜就觉得全身好像瘫痪了一样，动弹不得。但说来奇怪，她却怎样也睡不着。可能这是因为房间太闷了的缘故——其实这并不是一个房间，而是一个堆满了破家具和耗子成群的小阁楼。耗子的争吵和打架声、破家具和各种旧垫子所发出的霉味，从四面八方向她包围过来，简直要把她的脑子挤破。实在安静不下来，她就爬下床，轻轻地走到窗子面前，打算呼吸一点新鲜的空气。

把窗帘一拉开，真没有想到，雾居然消散了。天空上只有几片零落的云块。一轮明月从云块的后面滑出来。它似乎在微笑。这个微笑使她的头脑顿时感到新鲜。她朝它望了一下，好像见到一个亲人。这时她的心像一只跳出樊笼的黄鸟，忽然活跃起来了。什么疲劳她都忘记了。她几乎还想唱一支歌呢。月光底下的山丘和田野、房屋和教堂、公路和沟壑、灌木和大树，静穆地罗列在一起，像一幅没有框子的风景画。

她记起她曾经就是这样一幅画中的人物——虽然就现在的情形看来，这种记忆未免显得有些滑稽。她曾经在这样的情景下等待过狄克。唯一不同的是那时有露水，因为那是夏天。她坐在牧场外边水池旁的一棵柳树下面，每听到一个声音，心里就要跳一下，以为这就是狄克的步子。事实上那是鱼儿在吃露水，或者睡完了一觉的野鸭在理毛。当然狄克是从来不失约的——可能有时来得比约定的时间晚一点，但那只能算是例外，而这种例外有时却带来加倍的惊喜和愉快，因为一个被等了好久的人，最后终于悄悄地到来，是会在等待者的心里激起一股感情的高潮的。

狄克是她在一个礼拜天的早晨认识的。那时她刚做完礼拜。她走出教堂，正沿着一条小河向主人家里走去。走到一半的时候，迎面来了一个年轻人。她愣了一下，因为她从来没有看见过这样一位有趣的人：他的皮肤是深栗色的，略微有点发黄；他的头发微微地鬈曲着；他的眼睛睁得很大，而且圆。当他微笑的时候，他的牙齿映着太阳，像一排珠子似的射出光来；而他一直是在微笑着的，笑得有点近乎傻气。

贝娜是在苏格兰的高原上长大的。她的父亲是一个牧羊人，母亲去世很早。她很小就和父亲住在丛山中的一个茅舍里。她从来没有到过城市，只有节日才偶尔到山脚下的村镇里来买点东西。除了苏格兰的牧羊人和农民以外，她什么别的人也没有见过。前几年她的父亲也死了。一个做羊毛生意的远房叔叔把她带到英格兰来，送到德汶郡的一个大农庄主人家里当女仆。这个农庄离城市也很远，而主人平时又不给她假期，因此她从来没有机会看到像狄克这样一个外貌非常有趣的人。这引起她的好奇心。当她在路上遇见狄克的时候，她就天真地对他笑了。在这种场合之下，笑是一种善意的表示。他们便不期而然地同时交谈起来。

"你是从哪里来的呀？"她问。

"从大西洋的另一边来的。"狄克说。

贝娜感到更奇怪的是狄克和她讲着同样的语言，虽然他的发音有些沉浊。这种意料不到的事情使她忽然感到这个年轻人亲切可爱，好像他就像自己的一个"同乡"似的——的确，这个年轻人在这个空旷的地方也似乎像自己一样，感到有些寂寞。

"你真像一个邻居，但你又为什么这样和我们不同呀！"

狄克又发出一个和善的傻笑。他了解她的意思。她所谓的"不同"是指他的肤色和外貌。

"因为我一半是黑人，四分之一是印第安人，可能还有四分之一是西班牙人。"他说，"在美国，他们把我这样的人叫作有色人种。"

贝娜是一个来自深山的乡下人，对于人种的区别没有丝毫概念，对于肤色的意义更不理解。这个年轻人顺口溜出的一连串有关他的血统的名词，使她觉得这个人好滑稽，也使她觉得这个人好可爱。从这天起，他们就成了很要好的朋友。

狄克原来是美军中的一个士兵，一九四四年春天开到英国的。那时欧洲第二战场还没有开辟，美军大部分都驻在英国各地。狄克的营地就驻在离贝娜的主人的田庄约莫二十多里地的一个树林里。他虽然是一个步兵，但他实际上是在营房里做杂役工作。他整天都很忙，只有礼拜天他才有空出来走走。因为他是属于"有色人种"，谁也不愿意和他做伴。这使他在贝娜眼中显得非常孤独。贝娜自己也是一个孤独的人，所以说来并不奇怪，这种共同的孤独感使他们彼此之间的关系很快地变得亲密起来。他每个礼拜天都来看她。后来怕引起人的注意，他改在每礼拜天的晚上来看她。那时她还没有完全满十八岁，然而在他的眼中，这位每天辛苦劳作的年轻女仆就像一个崇高的圣母。

半年以后，狄克忽然被调走了。他走得非常匆忙，连告别的机会都没有。美国的军邮曾经转过他的好几封信来。信上说，他已经开赴法国前线，但他希望将来有机会休假到英国来看她。他甚至还幻想将来战争结束后，在一个白种人不常到的偏僻地方和她组织一个小家庭，凭自己劳力来养活自己。这个幻想也引起贝娜作了许多美丽的幻想。但是不久他的信忽然中止了。接着来的是一个可怕的现实：她生了一个男孩子。可爱的小东西，他简直是狄克的一个缩影……

可惜这个小狄克，现在却不能和她住在一起。

这时窗外月光引起了她的苦恼。她轻轻地把窗帘拉拢，灭了灯，不声不响地倒到床上。她开始感到全身酸痛。

第二天又是同样的劳作。天黑的时候，莫莱小姐照例又到马铃薯地上来看她。很明显，她是想用这种方式来阻止她按时下工的。但是贝娜心里却不明白：莫莱小姐这样作难道是想要把她累死不成？莫莱小姐是一个虔诚的基督徒，家境非常好，因为她的父亲是一个纺织厂的厂主。她本来可以过一种幸福的家庭生活的，只是因为她的面貌可憎，为人又过于骄傲，性格又没有什么可吸引人的地方，所以到了三十多岁，还没有人向她求过婚。最后，在一气之下，她就决定献身于"社会事业"，在由她父亲"资助"的一个当地"教养院"里当院长。贝娜想：像这样一个有钱人家的小姐，决不会要磨死一个穷苦人家的女儿吧？但事实似乎又不尽然。这个疑问赤裸裸地在她天真的脸上表露出来了。莫莱小姐是一个敏感的人，她当时就发觉出来了。她的脸色一沉，说：

"你坐下来吧，我有话和你讲。"

接着莫莱小姐用简单扼要的言辞提醒她，说：她必须加倍地工作。不然的话，"教养院"就养不起她，当然更管不了她的孩子。据莫莱小姐的核算，贝娜是在"吃掉教养院的血本"，因为她每天劳动的工资收入"不足以开支你的膳宿"，而且她的"津贴"已经有两个月没有来了！

关于贝娜的"津贴"的始末，事情是这样的：自从她怀妊以后，雇用她的主人就预见到她会成为一个负担，因此就征得了地方当局的同意，把她当作一个少年罪犯（因为她没有满十八岁就要有了"私生子"）移交给莫莱小姐开的"教养院"管教。莫莱小姐的事业既是专门"改造误入迷途的人"，当然就把她收留下来。不过她是不能让人白吃饭的。过了不久，她又把贝娜转雇给附近的一个农场主，并且代她领取工资（按件计酬，不出工就无工资），同时还代她"处理"这些工资。这样，贝娜每天早出晚归，事实上成了莫莱小姐可以随时出卖的一个劳动力。

作为贝娜的一个监护人，莫莱小姐还代她向美军提出过一次"申诉"。她说一个美国士兵所生的孩子，无论从人道主义的立场或从法律的立场上讲，都应该由美国负责。美军接受了这个"申诉"，每月把狄克大部分的薪饷扣留下来，转寄给莫莱小姐，作为孩子的"费用"。但莫莱小姐的事业不是教养孩子，所以她又把孩子寄养在她的一位朋友史迈斯太太（也是一位虔诚的教徒）开办的育婴院里。她每月由这笔费用中扣除一部分作为自己的手续费和孩子未来的"储蓄"，把剩下的一小部分交给史迈斯太太，作为孩子生活的"开支"。现在"津贴"既没有来，孩子的费用当然就应由妈妈来负担；也就是说，妈妈应该做出能维持两个人的开支的工作。

"孩子最近病了一阵子，"莫莱小姐用一种似乎非常关心的口气说，"我没有告诉你，为的是怕影响你的情绪而妨碍你的工作。"

"病了？"贝娜好像受了雷震似的，马上就呆了。

"是的，病了！"莫莱小姐的声音变得非常沉着。

"我要去看他！"贝娜立刻就站起来。

平时，贝娜只能在每个星期天下午抽出一点时间坐长途汽车去看孩子一次，因为育婴院离这儿相当远。最近因为农场在忙于收马铃薯，莫莱小姐就一连两个星期没有让她离开。"我得马上去看他！"她重复着说，并且作出立刻就要动身的样子。

"停下！"莫莱小姐用坚定的声音说，"这片地的马铃薯应该后天就收完，这还要看你是不是能拿出加倍的气力来干活。如果你能加倍做完工作，后天我给你半天假去看孩子，行吗？此外，我早晨已经接到电话，说孩子的病今天基本上好了。"

"今天才好！怎么不早点治？"

莫莱小姐用她那白净的手在贝娜的金发上，轻轻地拂了两下。

"你真是一个天真的孩子。事情哪能是那样简单？"莫莱小姐顿了一下，把贝娜天真的面孔仔细打量了一番，"我本来是不愿告诉你的。现在既然谈到这里，我还是告诉你好。孩子的那笔赡养费已经有两个多月不来了。美国当局说，你的狄克在战场上失踪了——究竟是牺牲了还是逃跑，谁也不知道。不过黑人的品质你知道得比我清楚，他大概是逃掉了，因此他的薪饷当然就得停发……"

"他决不会逃跑，"贝娜抗议说，"我知道他，他不是那种懦弱的人。"

莫莱小姐叹了一口气，显得很伤心的样子。她又用她白净的手在贝娜的头发上抹了两下，说：

"可怜的孩子，你太天真！还亏了你是一个白种人。你连自己的身份都忘记了。你看，他放了一把野火就把你扔下了。这还算是好人吗？"

"那不能怪他！是美军把他调走的！"

莫莱小姐又叹了一口气，自言自语地说："到底是没有父母教养的孩子。你看，你还在替他辩护哩。"然后她掉过头，脸色低沉，继续说："告诉你实话：美国当局对你的孩子不感兴趣，因为他是黑人。他们不需要这样的公民。只有相信上帝的我才愿意负责照管他。从现在起，你得拿出两个人的气力来工作，不然孩子的口粮就挣不出来。"

说完以后，莫莱小姐头也不回就走了，因为这时刮起了一阵晚风，她感到有点冷。她急于想回去喝一杯热茶。贝娜望着她的背影，像一个木人似的喃喃地念着她最后说的那句话："你得拿出两个人的气力来工作，不然孩子的口粮就挣不出来。"难怪这些时莫莱小姐把她抓得这样紧，连天黑了都不让她下工。原来她是要她除了做自己的一份工作外，还要替孩子做出一份工作。这也就是说，她得给莫莱小姐提供两个人的劳动。莫莱小姐的核算真精细，孩子还没有长大，她就已经把他的劳力算在账上了。这时贝娜好像忽然受到一种什么神奇的启示似的，头脑忽然亮开了。

"哎呀！"她大叫一声，"我已经戴上了奴隶的链子！"

她昏倒了，昏倒在一个装满了马铃薯的袋子上。在薄暮的晚风中，这个还不满二十岁的女子，蜷缩在一起，远望去就像荒郊上的一座孤冢。

礼拜天又到了，自从贝娜记事的时候起，每个礼拜天她总是去做礼拜的。但这个礼拜天，她却鼓不起劲来。她像害过一场大病似的，全身的骨头都散了。她连站都站不起来。莫莱小姐虽然是一个虔诚的教徒，但却一直不喜欢贝娜在这个敬神的日子去礼拜上帝——不过平时她不好意思把这个意思说出来罢了。现在贝娜既然自动地不去教堂，那她正好利用这个机会叫贝娜打扫室内。贝娜总算挣扎着把这些工作做完了，好容易挨到下午，她可以去看看她的孩子。

她本来感到身上在发烧，太阳穴像针扎似的痛，但一想到孩子，她的精神就来了。她披上大衣，三步并作两步地跨出了大门。莫莱小姐的眼睛尖，立刻就发现了。她追到门外来。

"不要待得太久，记得吗？"她说。然后她又做出一种关心的样子，补充道："晚回来饭就凉了呀！"

贝娜没有听到后面的这个补充句子，她只能回答头一半："我记得！"的确，她记得，因为莫莱小姐的声音使得她周身发抖。

孩子住的地方离这里有五十多里路远，但贝娜觉得孩子好像是住在另一个国家：他们见面是那么难！一个半钟头的长途汽车仿佛就是一个世纪。来到育婴院门口的时候，天已经快要黑了。她一下车，就迫不及待地向院子里走去。孩子是住在一个从厨房储藏室隔出来的小角落里，因为孩子的皮肤是黑的，不能和别的孩子住在一起。贝娜在孩子的那个角落的窗外停住了，不敢进去，因为她忽然记起了一件事情：她没有给孩子带来任何礼物。莫莱小姐早已把她的工资全部扣走了，连零花钱都不给她一个。事实上现在她什么也买不起，而她每次到来，孩子第一件事就是问妈妈带来了什么好吃的东西，因为孩子在这里太没有人抚爱了。他不仅尝不到糖果或点心，就连面包都吃不饱。为了这，她觉得孩子太可怜，而自己作为母亲也太对不起孩子。她真不好意思见孩子的面。当时她心里一阵酸痛，差不多立刻就要昏倒下来。但是她扶着窗台稳住了。

她把身子贴着窗子旁边的那片墙，微微地把头斜过来，像一个小偷似的朝玻璃窗子里面望。她觉得她是那样一个无能的母亲，她简直没有勇气来正视自己的儿子。

孩子躺在一个有栏杆的长方形的小床里，正睁着一双大眼睛在望着天花板发呆。他似乎在沉思一件什么事情。多聪明的孩子啊！这么小就会使用脑筋。真是像他的父亲！狄克就是一个喜欢思索的人；他非常懂事！可惜他现在不在这儿。要是他能看见自己的儿子多好！他在什么地方呢？

这时候，她后面响起了一个轻微的脚步声。掉过头来一看，原来是育婴院的负责人史迈斯太太走过来了。贝娜一走进大门她就发现了。

"你来得正好，"她直截了当地说，"孩子病了一个时期，我尽了我的力量把他治好。但是你要知道，莫莱小姐最近似乎不大愿意负责了。上个月的费用她就没有交清。孩子应该吃点补品，但是，除非你拿钱来，我没有办法。"

贝娜掉下了一滴眼泪。

"仁慈的史迈斯太太，"她恳求说，"我祈求你给孩子吃一点滋补的东西！"

"不要向我请求！"史迈斯太太提高了嗓子说，"莫莱小姐是你的监护人。你应该向她请求！"

大概是因为史迈斯太太的嗓音太高，孩子忽然怔了一下。贝娜连忙把食指按在嘴唇上，关照史迈斯太太不要再作声，免得惊动了孩子而打断了他的沉思——孩子这副懂事的小样儿真使她心疼极了。但是史迈斯太太却没有理她这个信号。她继续说："事情就是这样，孩子的身体不好，你是他的妈妈，我已经告诉你了。将来不要说我不负责任。"她说完这几句话就头也不回地走开了。

史迈斯太太的声音的确惊动了孩子。孩子现在就扶着床栏杆站起来了，并且用他那对深陷的小眼睛在向四面探望。贝娜的心跳了一下。他在探望什么呢？在这个孤独的角落里寻找自己的妈妈吗？她的心真矛盾极了：她希望自己被孩子发现，但又怕被孩子发现。可怜的孩子，瘦得简直不像人样。他的小脑袋几乎像一个皮球，随时都可以从他那个皮包骨的小颈项上滚下来。虽然如此，他那对小眼睛却仍然炯炯有神，在不断地朝窗外探索。他幼小的心灵似乎已经感觉到，妈妈就在附近，他非找到不可——非找到他在这个世界上唯一的亲人不可。最后他忽然像发现了一件宝物似的叫了一声："妈！"这使她不知怎样办才好。她将对孩子说些什么呢？抱着孩子痛哭一场吗？还是照例对孩子说几句甜蜜但是空洞的话，叫他"好好地"在这孤寂的角落里一个人孤零地活下去，静待她下周再来看他吗？啊，下周！这些阴暗的"下周"，什么时候才能告一段落呢？

贝娜的心失去了知觉。她没有想到孩子居然发现了她；她的心裂了，她的脑子昏了。过了好一会儿她才慢慢地清醒过来。这时她忽然像疯子似的，再也控制不住了。她推开门向孩子跑过去。孩子连忙向她伸开双手，想要抱住她。但是他还没有抱住就已经倒下来了，再也起不来。他的身体是那样虚弱，连抬头的气力都没有。

"孩子，我真对不起你！"贝娜低下头，面对着孩子说。她的眼泪像雨点似的直往下滴，有好几颗打在孩子的额上。"这个储藏室的角落是那么阴森，简直像一个墓窖，你还没有死，我就把你埋在这里了……"

孩子不懂得妈妈的意思。他天真地望着她，微笑起来。他还以为妈妈带来了礼物给他呢。他微笑了好一会儿以后，看见没有结果，就撒娇地说："妈妈，没有带来好吃的东西，你就得和我在一起，不要再离开我，对吗？"

妈妈面对着孩子质问的眼光，沉吟了好一会儿。"对，我不能再离开你！"她毅然地说，"我就是讨饭也不能再离开你！"

于是她抱起孩子，紧紧地把他搂在怀里，好像生怕有人会把他的生命夺去似的。她下了决心不再回到那个冷酷的"教养院"里去，也不再叫孩子待在这个阴森的角落里。她不能再让莫莱小姐和史迈斯太太这样的人来控制她娘儿俩的命运了。她要在这个人世间打开一条出路。她拉开门，搂着孩子，大步地向外面走去。外面已经覆上了夜幕。呼啸的晚风和呜咽的潮音很快地就把她急促而坚定的脚步声淹没。

旅　伴

汽笛长啸了一声，火车快要开行了。从宫城县到横滨还不到一天的路程，但十六岁的加藤杏子似乎觉得这是一次非常长的旅行。她从来没有离开过家乡，横滨这个名字虽然很耳熟，但对她说来就简直像一个神秘的国家。她不知道在那里等待着她的将是怎样的一种命运。她一想到火车马上就要把她带到那里去，就感到有些恐惧。她的这种恐惧和她不忍离开妈妈的心情混杂在一起，使她顿时感到孤零。于是不知不觉地她的眼里就滴下了一滴热泪。眼泪滴到站在月台上的妈妈的面上——她正在车厢的窗口外面仰着头和女儿话别。她一接触到这滴热泪就讲不下去了。她和女儿一样，心中也感到非常难过。她着实不愿把女儿送到那个陌生的城市里去——女儿是一个乡下人，自己也从来没有到那儿去过。

火车开始移动了。妈妈向女儿伸着双手，似乎是想要把女儿从车厢里拉回来似的。女儿也在对她不自然地挥着手，直到妈妈的影子变得模糊了为止。在这别离的最后一瞬间，妈妈在她的眼里就像一个幽灵。的确，妈妈这几年衰老得非常快，尤其自从爸爸离开了家以后。爸爸是在两年前被征入伍的。妈妈没有儿子，她把女儿当儿子一样教养，希望女儿能生活得快乐，因此她就没有把爸爸向地主竹内义雄租来的那几亩田退掉，她要继续耕种下去，为的是想使女儿能过着温饱的日子。但妈妈究竟是一个中年的妇女，气力有限；田不但没有种好，反而欠了竹内一大笔地租，结果女儿也不得不离开她了。

火车越开越远。杏子坐在三等车厢的一个角落里，越想越觉得妈妈可怜。怕同车的旅客看到自己的眼泪，她用双手把脸蒙起来，直到车子有节奏的簸动把她催眠到入睡为止。她确是太疲倦了。一连几天，由于准备这次旅行，她从没有好好地睡过一次。实际上，她现在也并没有睡着：她的神经是非常活跃的，她梦见了爸爸死了——爸爸死得非常惨！她的全身在梦中不由自主地掣动起来了。

就在这时候，她膝上放着的那个包袱（这是她唯一的行李）里滚出了一件东西。这件东西在地板上引起了一个回音。杏子在迷糊的梦境中本能地把包袱拦了一下。这时从里面又滚出了一件东西，在地板上发出的响声比头一次更大。她一惊就醒过来了。她连忙哈下腰，去捡在地板上打滚的那两件东西，但是已经有一个人替她捡起来了。

这是一个中年男子，面孔很瘦，眼睛深陷，颧骨突出，但是一双手却大而有力。从外表上看来，他很像一个因长期失业而饿坏了的渔人。他的腮帮上全是胡须，至少有一个星期没有剃过——在海上打鱼的人就常常是这个样子。他的形象似乎很粗野，但就他为她拾东西的神态看来，他却是一个非常和蔼可亲的汉子。他把那两件东西托在他的那双大手里，交给杏子。

杏子连忙站起来，向他鞠了一躬。在接过这两件东西的时候，她抬起头把这个中年人打量了一下。她发现这个人虽然表面上有点"粗野"，但是内心里却是非常细致，倒很有一点像自己的爸爸——仔细一瞧，他的面型也真有些像爸爸呢！她顿时对他起了一种亲切的感觉。她连声对他说："要你替我捡起来，真对不起！谢谢！"

中年人所捡起来的东西是两颗圆而又大的土豆。

"你带着这种东西到横滨去干什么呢？"他问。

他问的时候就同时在她身边坐下来。他本来是坐在另一个地方。但杏子和妈妈告别的那幅情景吸引住了他，使他很受感动，因此在杏子睡着了的时候，他就偷偷地搬到她旁边的这个空位子上来了。

"为的是要孝敬竹内老爷。"杏子天真地说。说完这句话，她又担心这位旅伴可能听不懂，所以她又作了这样的补充："竹内老爷是我们的田东。每年新东西一下地，我们就要送给他尝尝。平时是托人带去的，不过这次我就自己带给他。"

中年人听完后，就没有再讲话了。他似乎在回忆一件什么事情。在沉默中他暗地把杏子瞧了一眼。这个女子的表情和神态和他回忆中的那个孩子没有什么两样。她的面孔虽然黄瘦，但仍然掩盖不住她儿时那种妩媚和动人的样儿。她现在正低着头，用她那双因劳动而充分发育了的手在整理她膝上的包袱。她小心翼翼地把刚才滚出来的那两颗圆而又大的土豆塞进去。然后她把脸掉向窗外，无目的地凝视远方的田野。她那双浓眉紧紧地锁在一起，可能她又在想她的母亲了。

中年人看到她的这种神情，不知怎的，突然心里感到一阵难过。他打破沉寂，把她从沉思中拉回来，问："你见过竹内老爷吗？"

"没有!"她说,"他怎么会到我们那个偏僻的地方去呢?他是一个忙人呀!"

"那么他怎样来收你们的租呢?"

"中野宏先生每年来代他收。他是竹内老爷的账房先生。竹内老爷在我们县里的地租全由他一个人包收。他也是一个忙人,每年只能在春秋来两次,一来我们就得把租金全交给他。"

"不交又怎么办呢?"

"不交就利上加利,到第二年就是一笔大债。债一背上身就卸不下来了。"

"你家里背上债没有?"

杏子虽然年纪不大,但是却非常懂事。一提到债她的心就沉下去了。她一句话也说不出来。这种沉默使中年人感到很僵。他很想知道更多关于她和她妈妈的事情——这也是他要挨到她身边坐下来的一个主要原因。他没有想到,话谈到这里就继续不下去了。他拼命抓着自己的下巴,希望能从那里抓出一个话头来打破这沉寂。但是当他一摸到自己腮帮上那一丛好几天没有刮的胡子时,他立刻就放弃了这个念头。自己简直像一个失业的流浪汉,老找这样一个沉静的姑娘谈话也实在不像样子。至少她是不习惯的——他想。

这时他们对面座位上的一个客人忽然发出一个吁声,使他们同时从自己的心事中惊醒过来。这是一个年轻的小伙子,满脸通红,发出一股使人作呕的酒气。他上车没有多久就靠着座位的靠背,仰面大睡起来,并且还发出一连串没有节奏的、断续的鼾声。谁也没有理他,想不到他倒理起别人来了。

"宫城县里哪个佃户没有背竹内的债?"他用一个地道宫城县的乡音自言自语地说,好像他是在说梦话似的——因为他并没有睁开眼睛，"我就是因为家里欠了他的债还不清才到渔船上去干活的。他是一个不折不扣的大混蛋！他在地方上靠地租剥削还不算，还要在横滨开赌场和咖啡店，并且投机倒把，无所不为！现在美国军队来了，要把像横滨那样的海滨城市长期占据，作为他们的基地。所以他想讨美军的好，又搞起新的名堂来了。他骗去了许多穷苦佃户的女儿，利用她们去做美国丘八的生意。中野现在就专门替他干这种行业。我们村里有一个姑娘，她的爸爸欠了三年的地租，中野就把她作为抵押要去了。什么账房先生，他是一个人贩子！"

这段话像连珠炮似的从他嘴里冲出来。说完后，他那充血的脸立刻就变得苍白起来，大概这是因为他心中的那股闷气已经发泄得差不多了的缘故。于是他把头掉向另一边，又呼呼地睡去了。

杏子望着他那忽然变得苍白的面孔，震动了一下，这倒不是因为他的面孔难看，而是因为他的那段话在她心里忽然引起一种无名的恐惧。坐在她旁边的中年人立刻注意到了这种变化。

"你和中野这个人熟不熟？"他关切地问。

"不熟，"杏子回答说，"不过这次他在我们村里住了三天，差不多每天都到我们家里来。"

"他为什么这样关心你们呢？"中年人又问，他的声音这次变得非常急促。很明显，他对于这个年轻女子在无意中暴露出来的情况，不仅感到惊奇，而且还警觉了起来。

"因为我们欠了竹内老爷一笔大债！"杏子天真地说。

话谈到这儿就忽然中断了。中年人对自己点点头，似乎是说："我明白了！"杏子把头低下来。无疑地这句话引起了她的感触，她故意把膝上的那个包袱整理了一下，装作出一种不在乎的样子，为的是怕中年人看出忽然在她眼里闪亮着的两颗泪珠。

"你现在是到竹内那里去还债的吗？"中年人进一步地询问，希望把她心里想的事情探索出来。

"要是能还得起就不需要我去了。"杏子回答说，同时把头抬起来，用责备的眼光把中年人瞧了一下，"如果有钱，中野先生来时交给他就得了。麻烦的事儿是：我们没有钱——我们欠了竹内老爷好几年的地租，一直还不起，所以中野先生才……"

她忽然又顿住了。一阵心酸，她那两颗噙在眼里的泪珠终于流了出来。

"所以中野就硬要拉你到横滨去！"中年人直截了当地把她的话续完——他已经猜到了她的心事，"而你却不愿意去！"

她点了点头。

"是的，我不愿意去，"她说。于是她向对面座位上的那个年轻人望了一眼，继续说："特别是听到他刚才说的那段话以后，我更不愿意去。您知道吗？中野先生就是为了这样一件事才要我和他一道到横滨去的：竹内老爷在横滨的美军兵营附近新开了几个咖啡馆。他需要一批年轻的女招待，中野先生硬要我去干这工作。他说这个职业比乡下种田要有出息得多。这是一桩赚钱的生意。竹内老爷还为这件事特别开了一个训练班。每个女招待经过两个月的训练就可以赚钱了，而且在训练期间一切膳宿杂费都由竹内老爷供给……"

"能赚钱还不好吗？"中年人故意反问一下。

"可是四年以内所有的薪水都得交给竹内老爷，由他处理，因为我们欠了他的债。"杏子说到这里沉吟了一会儿。然后她用一个气愤的声音说："所以妈妈不愿意我去！"

"但是你现在不就是到竹内那里去吗？"

"不去不成呀！"杏子这时急了，几乎要哭出声来，"不去就得立刻还竹内老爷的债！不然就要吃官司。我们哪里还有资格和竹内老爷打官司呢？所以中野先生硬逼着妈妈和他签订了一个合同。妈妈没有办法，只得在他印好的合同上画了押。妈妈从此可以不还债，但我在四年以内必须听竹内老爷的吩咐，不能再回到妈妈那里去了。"

"呀，原来是这么回事！"中年人故意用一个惊讶的声音说，"你知道吗？那张合同就是你的卖身契！被美国丘八糟蹋了四年以后，你就要成一个老太婆了。那时竹内也可以放你走了。他的算盘打得真稳……"

话说到这里，中年人忽然停住了。他连忙把脸掉向窗玻璃，故意朝窗外面望，好像他不曾和杏子谈过话似的，因为这时有一位旅客忽然从前面的头等车厢里走进来了。他身材矮小，肚皮突出，顶门光滑，笑嘻嘻的，乍看去倒很像一个新近中了头彩的小商人。他在杏子面前停下来，洋洋得意地对她说：

"不饿吧？要是饿就告诉我！"

"不饿！"杏子客气地说。

"好极了！那么请你好好地在这儿等着吧。车一到站，我就来接你，领你到竹内老爷那里去。竹内老爷看到你一定高兴得很！"

说完这句话，这位小商人模样的人物就一溜烟地走了，生怕杏子临时改变主意，说出心里的真话："很有点饿！"——因为为了这次别离，她难过得两天没有吃过饭。这人就是竹内的账房先生中野宏，谁都认识他。他走动的时候，扇起了一阵阴风，把杏子对面坐着的那个颇有醉意的年轻人扇醒了。这个年轻人把枕在座位靠背上的脑袋掉向另一边，又嗫嚅地说起半醒半睡的梦话来："真是个大混蛋！你要怕她饿，就干脆请她到你那个头等车厢的餐厅里去吃一顿好了。假仁假义干什么？"他的话刚一说完，就又呼呼地睡去了，继续发出一个断续的、没有节奏的鼾声。中年人这时把头从窗子那边掉过来。他把这个昏睡的年轻人望了一眼，嘴角上现出一个幽默的微笑，于是又把脸掉向杏子。杏子这个女孩子很敏感，她一看就知道中年人心里在想什么。她解释着说：

"刚才来的那个人就是中野先生。他坐在头等车厢里。我的车票就是他买的。"

"我认识他！"中年人说。

"你认识他？"

中年人点点头。

"从前我在乡里就见过他。不过现在他不一定会认识我，"他说，"我的样子这几年变得谁也认不出来了！"

于是他本能地把他腮帮上的那一大堆乱蓬蓬的胡须摸了一下。

"你是谁呢？"杏子惊奇地问。

"你看，连你都认不出来了！"中年人用一个平静的声音说，他的嘴角边又闪出一个幽默的微笑。

杏子把眼睛睁得斗大，对着这个中年人发起呆来。从这个中年人那张焦黄的、瘦骨嶙嶙的、布满了胡须的脸上，她似乎发现了某种熟识和亲切的东西。这种东西在她的脑海里唤醒了一系列的回忆，而这些回忆又使她记起了更多熟识和亲切的东西。她的眼睛越睁越大，睁得几乎发直。

"连我都认不出来？"杏子自言自语地说。

"是的，你认不出来！"中年人继续用一个镇静的口气说，"不过我还记得你小时的那副样儿。"

这时杏子如堕入云里雾中，怔住了。她沉默了好一会儿。车子跃进的声音虽然响得很厉害，但他们两人都似乎能听出彼此的呼吸。最后杏子忽然惊叫了一声："哎哟，你不就是山下伯伯吗？我们两家住在紧隔壁。我小时还常常听你讲过故事呢！"

中年人没有回答。他的沉默表示他同意她的说法。

"你是怎样出来的呢？"杏子迫不及待又继续问，她在声音中仍然掩盖不住她由激动而感到的更大的震惊，"他们不是把你关进牢里去了吗？说起来时间过得真快。马上就是五年了，不是吗？"

中年人没有再沉默了。他点了点头。

"是的，他们把我关进牢里去，但是他们的战争失败了，又不得不把我放出来。转眼就是五年了！"他说，"你还记得相当清楚。五年前你还是一个小学生。想不到你现在长得这样大了，但是样子改变得很少，所以你一上车我就看出来了。"

"你为什么不下去和妈妈讲几句话呢？她一直在想你呀！"

"我也并不是没有想过。我是因为有一件工作任务才到宫城县来的。昨天事情才办完。我本来想抽空回到村子里去看看，但是想了一夜还是决定不去。几年来反动派一直在村人中造我的谣言，说我是一个无耻的卖国贼，居然拒绝到中国去打仗。他们把我在村人面前描写成为一个大坏蛋。听说居然还有人相信这样的话！"

"但是妈妈不相信，我们都不相信！你应该和妈妈见见面才对！"杏子毫不客气地责备起他来。

"我怕引起她的感触。你的别离已经叫她够伤心了。"中年人像一个爸爸似的说出了真心话。

"好吧，请赶快告诉我，你这几年是怎样过的？"

"他们把我关了一年，后来又把我送到矿山去做苦工。这还不够，他们每隔几天就假造一封你伯母写的信来咒骂我……"

"是的，伯母死得好苦！"杏子说，"他们逼她天天写信去咒骂你，并且还强迫她在乡里宣传你的坏，说你是一个卖国贼，是大和民族的叛徒……这样的日子她怎样受得了？所以一天夜里她终于在家里上吊了！"

"幸而我没有孩子。孩子没有妈妈就准得饿死！"中年人说，开始激动起来，"你看谁是卖国贼？他们把许多年轻人赶去当炮灰，毁掉他们的家，现在他们又把美国兵招进来，并且还要拉像你这样年轻女子去伺候他们，供他们取乐。你看谁是大和民族的叛徒？他们不仅害了你的爸爸，还要毁掉你的一生。"

杏子的脸忽然变得刷白。中年人的这段话，在她沉静的心里，搅起了一股激流。

"爸爸！"她阻塞的喉咙一爆裂就迸出一个呜咽的哭声来，"我爸爸的情况你知道吗？他的腿子一直不大好，种竹内老爷的几亩田已经够他累了。想不到他们还要拉他去当兵。他刚到长崎，没有来得及上船就被美国的原子弹炸死了！连骨灰都没有！"

"这件事我知道。"中年人说，同时用手背把他那双湿润的眼睛擦了一下，"这也是我不愿意回到村里去的原因之一。我实在不忍看那些残破的家庭。"

"是的，村里的确没什么东西可看了，年轻的男子差不多都死光了。"她停顿了一会儿，为的是想把自己的抽噎镇定下来；接着她故意改换话题，继续说："不过你怎么会知道爸爸和村里的情况呢？"

中年人觉得她这句话问得有些天真，禁不住发出一个苦笑。同时不知怎的，他对这个女孩子忽然像一个爸爸似的，感到有些温暖起来。他自从年轻的时候起就在县城车站当一个信号员，成天和火车打交道，剩下的时间就全部投到工会工作中去，他心里从来没有体会过这样的温暖。他觉得杏子是战后苦难的年轻一代的一个象征。他有责任保护她，把她从苦海的边缘拉回来，使她走上光明的途径。但是此时此地，他又有什么办法呢？

他沉思起来。

在杏子这一方面，她迫切地需要和他亲近，了解他，和他建立亲人的感情，因为此时此地，她特别感到孤独，感到无援。她需要有人为她作主张。她从对面那个昏睡的年轻人所讲的几段不连贯的话中，已经理解到她在走向一个什么命运，但是她自己没有办法逃脱这个命运。

"山下伯伯，你现在在做什么呀？"她问。

中年人把眼睛抬起来，端详了一下杏子面上的表情。

"在渔人中间工作，"他说，"你知道，沿海的渔船不少，所以渔人也不少。我就在他们中间生活。我向他们学习了不少的东西。我参加他们的斗争，也帮助他们组织斗争。今天到这一个港口，明天到那一个港口……"

"这倒是一种蛮有趣的生活呢！"杏子天真地说。

"你喜欢这种生活吗？"

"怎么不喜欢呢？我在村里的时候，就一直梦想着海。海，那广阔无边的大海，我就常常希望能够离开村子，到那上面去过一过自由的生活！"

"但是海上的生活并不一定是自由的。"

杏子天真的眼睛忽然射出迷惑的光芒。她想要继续发问，但是又不知从何问起。为了解除她心中的疑惑，中年人用一种亲切的声音像对自己的女儿似的对她解释着说：

"海上本来是自由的。但是渔船和捕鱼的工具全掌握在渔业公司的老板的手里，你要使用它们，你就得付出百分之五十以上的鱼产给他们作为租金。剩下的鱼产，由于他们垄断了市场，价格也由他们规定。他们可以使你打的鱼一斤也卖不出去，白白地烂掉。现在美国人来了，这些老板们和美国人串通一气，更要加倍地剥削渔人。所以现在生活不仅不自由，而且还有饿死的危险。"

"哦——"杏子刚一发出这个声音就又缩回去了。

"但海是属于我们的，鱼也只有通过我们的劳动才能捞得起来，"中年人继续说，"所以，我们为什么要饿死呢？"

"对！"杏子的眼睛又闪亮了一下，但是马上又变得阴暗下来了，"有什么办法才不会饿死呢？"

"有！"中年人用一个肯定的声音说，"只要大家团结起来进行斗争就不会饿死。这正是我这几天在各个渔港跑的缘故。所有的渔人都是一家，需要好好地组织起来，这样大家就能活命。"

杏子的眼睛又闪亮了一下。但是这次她的眼珠上再没有出现刚才那样的乌云。

"我不是渔人，所以我就不能成为你们一家人了……是吗？"她用一个试探的口吻问。

"怎的，你不想当女招待吗？"中年人故意反问了她一句。

杏子没有立即回答。她沉思了一会儿。忽然她眼里浮出一颗泪珠，接着她叹了一口气。她说：

"现在我知道了，去当女招待就等于跳进火坑！"

中年人点了点头。他现在了解她的心境和感情了。一个思想在他的心里闪了一下。他那双粗眉向上一扬，嘴角上飘出一个满意的微笑。他说：

"好！你如果真的喜欢海，那么你就到海上去工作吧。你的年纪轻，你可以锻炼成为一个很好的渔人。你会在渔人中间生活得很快乐，虽然渔人的生活现在充满了斗争。但斗争将会给我们带来希望，你们年轻人也将是最有希望的人！"

"但是我怎样才能到海上去工作呢？"

杏子的话中虽然带有失望的调子，但是在她黄瘦的脸上这时却露出了希望的闪光。

"只要你愿意，"中年人用一个安慰的声调说，"我可以介绍你到我们自己的船上去。"

"那怎么成呢？"杏子说，她脸上仍然带着怀疑和希望的混合表情，"妈妈已经和中野签订了合同，把我交给了竹内老爷呀！"

"正因为你的妈妈把你已经交给了竹内，所以你现在才能自由地到海上去。不然的话，他们就得逼你的妈妈还债！"

"我不懂你的意思。"杏子说，她脸上的表情忽然又变得困惑起来，"中野这次亲自来带我去，他怎么会让我走呢？"

"我会叫他让你走。"

"他不会同意的。"

"我会叫他同意。"

"哎呀！"杏子忽然惊叫一声，"车子一会儿就要到站了。

中野马上就要来带我下车，送我到竹内那里去了！"

"到竹内那里去！"一个声音重复着她的话说，这又是对面座位上那个半睡的年轻人在梦中发牢骚，"带你到竹内老爷那里去！看他敢不敢！这个不要脸的狗腿子，我早就想揍他几下，出出我心里的闷气！"

不知道是因为他说得激动起来了，还是由于他已经睡醒了的缘故，他忽然笔直地坐起来，大睁着眼睛，望着中年人和杏子两人发起呆来。他有好半晌没有作声。

中年人把他上上下下地打量了一下，发现这个人粗手大脚，身上穿的那条臃肿的帆布裤子还挂着几片鱼鳞。他已经猜到这个年轻人的身份。他大概也是一个最近才从海上回家去看了一趟亲属的渔人；他现在大概又要回到海上去。一回到海上，马上就又是紧张的工作和与波涛的斗争，所以照一般惯例，一个渔人在下海以前总喜欢痛快地喝几杯烧酒。无疑地，这个年轻人在这方面还是一个生手，多喝了几杯，所以一到火车上就酒性发作，昏睡起来，说了许多一直压抑在心里想说而又不敢说出来的话。

"年轻人，你有点太激动了！"中年人用一个幽默的口吻说，"中野是一个大人物，他的后台老板有钱有势，你在这里说了许多不利于他的话，不害怕吗？"

"怕什么？"年轻人莽撞地说，"我一到站，就要下海。难道他们还能来海上抓我不成？"

"你是一个渔人吗？"中年人故意问。

"去年才改到这一行来的！在那以前我也是竹内的佃户。你呢？"年轻人忽然对这个中年人变得好奇起来。

"我也是渔人！"

057

"请问你贵姓？"

中年人迟疑了一下，但最后他还是用一个肯定的声音说了真话："山下义太郎。"

"啊，山下义太郎！你就是山下义太郎！"年轻人忽然从座位上站起来。

"是的，一点也不错，我也是去年才改干这一行的——那时我刚从牢里出来。"

年轻人热情地把手伸过来，紧紧地握着这个中年人的手。

"我知道，我们常常在谈起你，你的工作做得好，我们这一帮渔人现在全都组织起来了。老板们可是不能再为所欲为了！"说到这里，他忽然顿了一下，把头掉向杏子：

"这位小姐呢？"

"我的侄女！"

年轻人忽然把头向后一仰，似乎不相信他的耳朵。他的惊奇的眼光似乎是在说：把自己的侄女交给像中野这样的人，这怎么可能呢？正当他感到万分惊奇的时候，巧得很，中野忽然又从前面那节头等车厢里走进来了。他一直走到杏子面前。这次中年人没有避开他。相反地，他却把这个矮胖子全身上下仔细地打量了一下，好像他是想要估量他那一身松肉的重量似的。"快到站了！"中野用一个命令的口气对杏子说，"你准备好吧。车一停我就来领你下去！"

于是他又一溜烟地走掉了，照旧扇起一阵阴风来。

杏子的脸立刻就又变得阴沉起来。她一筹莫展地望了望中年人，然后又抬起头望了望对面的年轻人。谁也说不出一句话来。他们之间存在着一种极大的沉寂。

"我现在该怎么办呢？"杏子终于打破了沉寂，发出一个绝望的呼声。

"跟他一道下车好了。"中年人说。

"跟他一道下车?"杏子刚把话说出口又缩回去了。

"你总得下去,待在车上能有什么好处呢?"中年人说。

年轻人似乎懂得中年人的意思。"是的,你总得下去,"他对杏子说,"待在车上是没有什么办法的!"

话说到这里就中断了,因为汽笛响了,车上起了一阵骚动,大家在准备下车。那位矮胖的中野先生这时也提着一个旅行皮包兴致勃勃地从头等车厢里走过来。他已经打扮得焕然一新。他穿着一套笔挺的西装,他那撮小仁丹胡子也临时加工修饰了一下,他头上的几根稀疏的头发也擦上了点凡士林香膏。这是因为他下车以后就要立刻领着杏子去见竹内的缘故。因为竹内这位财东有一个奇怪的习惯:凡是新来的"女招待",他总要留在自己身边住几天,为的是——照他的话说——"要观察一下,看她懂不懂得温存"。至于中野呢?他觉得他自己这次把事儿办得相当美满,竹内一见面就准会给他一笔赏金。

"到了!你没有听见吗?"他对杏子说,"我们下去吧!"

杏子从座位上站起来,她的脸色变得像死人一样地苍白。中年人和年轻渔人也同时站起来。她发现这个年轻人捏了一个拳头,眼珠突出,好像是要跳出眼眶的样子。她立刻有一种不吉的预感。她害怕这三个人为了她的缘故在车上冲突起来,而要制造出意外纠纷。她那种农民所特有的但是无原则的善良心地,使得她感到不安起来。经过了短暂的思想斗争以后,她决定离开座位,拖着机械的步子,跟着中野下了车。

中年人向年轻渔人使了一个眼色,要求他保持镇定。于是两人就夹在旅客中间一同下了车。

车站上已经亮起了灯，因为天已经黑了。车站外面挤满了等候公共汽车和出租汽车的旅客。事情真不凑巧，中野因为身体肥胖，走得慢，待排上队时，他的位置已经是在最后面。看样子，要想坐到出租汽车，他起码还得等上一个多钟头，而他又是那样急于想把他的这次旅行所得送给竹内观赏！因此他就决定走一段路，到市内去等待汽车，那比待在这里要快得多。此外，在火车里坐了一整天，他也需要活动一下，呼吸一点新鲜空气。

他迈着他那双短腿，以一种怡然自得的神态，向市区走去。走到一个栈房附近的时候，还来不及拐弯，后面忽然响起了一阵急促的脚步声。他连忙扭转脖子，想看个究竟。但是时间已经来不及了。一个粗大的巴掌已经捂住了他的嘴，另一只手已经卡住了他的后脑勺。他整个的脑袋像是夹在一个老虎钳里似的，丝毫也动弹不得。

"我今天一听到你的名字就想和你算这笔账，"中年人说，"真巧，你居然落到我们手中来了！"

中野使劲地拿出全身的气力，想扳开捂住他的嘴巴的那只大手。他总算发出了这样一个声音："我又没有欠你们的债，算什么账？"

"单是今天你欠的这笔债就够你还的了！"站在旁边的那个年轻渔人气愤地说，"你又在想把一个年轻女子送进火坑！"

"今天只是叫你交出一点利息！"中年人补充着说，"真正的债还得竹内和你这一整个阶级的人来还！"

这时中野才意识到现在所发生的是一件什么性质的事情。于是他就拼命地乱踢，想从中年人的手中挣脱开来。年轻渔人已经等得不耐烦了。他看到这个小胖子如此不老实，就顺势一脚，朝他的屁股上踢去。因为他使劲太猛，他没有想到，这一脚已经足够使这位白白净净的中野先生失去了知觉。此人晃了两下，就像一头肥猪似的，倒到水门汀的地上，发出一个空洞的、没有回响的声音。

杏子在这种意想不到的场合下，一时不慎，让那个小包袱从她手中溜下去了，弄得它里面包的土豆撒满一地。她连忙弯下腰，想把这些土豆捡起来。这时中年人走到她身旁，低声地说：

"让它去吧！这些土豆现在不需要了，渔船已经在港口等着我们，快点走吧！"

经这一提醒，她才完全懂得了。她立刻迈开脚步，感到全身轻快得像一只燕子，跟着他们向港口走去。

"天堂"外边的事情

在罗马，离"圣·彼埃得罗"广场不远，有一条僻静的小街。这里有一座咖啡馆，绰号叫作"天堂"，因为它的生意老是那么兴盛。甚至有些与它毫无关系的人都要靠它吃饭。十三岁的亚贝尔托就是靠它生活的：他在"天堂"窗外的人行道上摆了一个小小的踏脚凳，专为"天堂"的顾客们擦皮鞋，天晴下雨都是如此。

在"天堂"门口干这种行业当然也不很容易。有人曾经和他竞争过。但亚贝尔托老是那么温柔和善，咖啡店里的客人都喜欢他，都愿意叫他擦皮鞋。久而久之，他就成为这儿生活图景的一部分，谁也不能把他赶走。吃咖啡的客人（大多数是三个月理一次发的"艺术家"和罗马近郊工厂里的工人）几乎全都成了他的顾客。这些人一般是五天或一星期擦一次鞋。鞋子隔这么多时擦一次自然要多费些油，但生意还是值得做，因为主顾是经常的，每天可以保证有一定的收入。不过顾客中也有例外。有一位"绅士"虽然不是天天来拜访这个"天堂"，但他每次来时却总要擦一次皮鞋。他的鞋子光滑而又柔软，擦起来自然不太费油。既然是个"绅士"，他的手头也当然比一般人"慷慨"些。他常常赏给亚贝尔托相当于擦鞋费两倍的"小费"。因此，每次他的到来，在亚贝尔托的生活中，可说是一件"大事"。

"亚贝尔托！"十四岁的裘塞比指着街道的入口说，"他又来了！"

裘塞比是亚贝尔托的朋友。他们同时在一个小学里念书，也同样因为家里没有饭吃而辍学，一道到"天堂"门口来谋生活。裘塞比不像亚贝尔托那样灵巧和有耐心，因为他是一个爱动的人。所以他只能在"天堂"里外捡些烟头。这件工作对他很适合。只要他不撒野，他每天也能得到一定的收入。

亚贝尔托照他朋友指示的方向望去，果然看到"绅士"又来了。此人身长六尺，比一般意大利人高半个头。他穿着一件带蓝格子的哈里斯粗呢上衣，一条类似黄卡其的细呢裤子——熨得笔挺。虽然夏天已经过了，他头上还戴着一顶细草编的礼帽；鼻梁上还架着一副深蓝色的太阳镜——不过这件东西他一年四季都不调换。他以稳健、悠闲的步子飘飘然地走进这条僻静的小街里来。他一面走，一面翩翩地向两边望，好像他是在检阅一个假想的仪仗队似的。

他走到亚贝尔托面前来就停下步子。

"啊，我的朋友，生活对待你怎么样？"他问。

"生活对待我还不差，绅士，"亚贝尔托说，"因为您又来照顾我了。"

"啊，我的朋友，看来你的年纪虽小，倒是一个很成熟的现实主义者啦。无论什么人，替我做工作总是不会吃亏的。你是一个聪明的孩子，你知道这一点。"

他觉得他的话说得很有风趣，所以他把头向后一仰，独自朝天大笑起来。他笑完后，就用一个跳舞的步法，把身子在右脚跟上向左转了一个半圆，踏进"天堂"里去。这种步法与他笨重的身材很不相称，所以当时就在"天堂"里引起一阵笑声。但是当他一坐下来的时候，大家就忽然沉寂下来了。原来是一片欢笑声的"天堂"，现在顿时变成了死寂。

　　"绅士"也不知道这种突变究竟是由于一个什么缘故。凭良心讲，他非常希望同"天堂"里的客人们交交朋友，谈谈心。他多次介绍过自己，说他也是一个"艺术家"，虽然他从来没有开过什么画展——可能还没有任何人知道他的名字。但这又有什么关系呢？艺术家往往是无声无臭地工作半生而忽然一夜成名的。他有时甚至还拿出一个本子，作速写状。不过当他这样做的时候，大家就面面相觑，连咖啡都不喝了。这次他也很知趣，看到这种情况，就赶快喝完他的一杯咖啡，付完钱，即时离开了。

　　走到"天堂"门外的时候，他又停下了。他照例在亚贝尔托面前站住，把脚朝那个小踏凳上一伸，等待这位"我的朋友"替他擦鞋子。鞋子快要擦完的时候，他照例弯下腰来，用一种亲热的、寒暄的口气在亚贝尔托的耳边低声地问："我的朋友，那个穿青灯芯呢裤子的人今天来过没有？"

　　亚贝尔托没有回答。他的生意忙，从来不注意"天堂"里有哪个人来，有哪个人去。而且客人来往关他的什么事呢？所以他觉得"绅士"的这段问话，如果不是故意逗他的趣，简直可以说是无聊。因此他在"绅士"的鞋尖上用一块呢布掸了几下，直起腰来，好像是说：鞋子擦完了。"绅士"没有办法，只好说："傻孩子，你真不用脑筋！"于是他用脚尖轻轻地在亚贝尔托的下巴上顶了一下，弄得他的脑袋朝后一仰，几乎要撞到墙上。接着他就哈哈大笑一通，从皮包里取出一张票子，塞进亚贝尔托的怀里。亚贝尔托的眼睛射出火花，几乎想把这张纸扔回去。但是他临时控制住了自己的感情。他记得妈妈经常对他说的一句话："顾客总是有理的。"为了饭碗，他不能和顾客闹别扭；相反地，他应该逗他们的欢喜。

"记住！""绅士"临走的时候说，"下次我来的时候，你可不能又像现在这样不讲话啦！"

那个穿"青灯芯呢裤的人"不是别人，正是亚贝尔托的朋友裘塞比的爸爸切萨罗。他是一个电气工人。下了工的时候，他也喜欢到"天堂"里来坐坐。这倒不单是因为这里的咖啡比别的地方好而又便宜，而是因为他在这里可以经常遇见一些其他厂子的工人和朋友。他本来是一个很沉默的人，什么娱乐的地方都不去。他的家虽然是几块破木板和旧洋铁皮搭成的小棚子，但它偎在提伯尔河[1]岸旁的一个桥孔里，看起来倒还蛮像一个家。经常他一下了工就回到这个家里来。但自从四年前驻扎在罗马附近的美军的一辆吉普车把他的老婆撞死以后，他就觉得这个家非常阴惨。从那时起，他经常到"天堂"里来。

在"天堂"里，除了特殊的场合以外（如那位"绅士"来临的时候），不喜欢讲话的人也要讲起话来。切萨罗不仅话多，而且话里面还充满了"义愤"。他对生活有意见。他本来是一个勤恳的老实人，从不想占别人的便宜。但是别人却不让他安

---

1. 这是流过罗马的一条河。罗马市主要位置在它的左岸，它的右岸就是天主教的"教皇"的所在地梵蒂冈。

静地生活下去。美军居然把他的老婆无缘无故地撞死了。而凶手呢？他居然开着车子逃之夭夭，逍遥法外。谁也不愿意花费一点气力来破这件案子，为他伸冤。好像这种灾难还不够劲似的，前不久厂方又削减了他的工资，其理由是他的"技术过时了，工作效率不高"。据说这还是一种"照顾"，否则他早就该失业了。当然这完全是借口。真正的原因是：雇佣他的那个企业系统接受了美国资本家的大量投资。董事会的组成人员换了。新的管理机构按照美国的企业管理办法采取了一系列的"美国式"的管理方法。有不少的旧机器被换成了自动化的新机器，劳动组织也"合理化"起来了。这种"合理化"的结果就是工人的劳动强度提高，休息的时间缩短。这么一来，许多工人就失去了工作，没有失去工作的人也被削减了工资。切萨罗就是其中的一个。在这种情形下，他这个沉默寡言的人也沉默不下去了。他开始在工人中鸣不平；大家同情他的遭遇，因而也被他讲的话所感动。在广大工人的支持下，他的勇气也慢慢地增大起来，他的办法也慢慢地多起来了。他居然能鼓起一个罢工的工潮来。很快地就被吸收到工人运动中去，成为一个活跃分子。事态发展的结果，使他从一个无声无臭的工人变成工厂老板认为值得严重注意的一个人物——虽然这种注意是不公开的。

当"绅士"走进这条僻静的小街的时候，切萨罗也正坐在咖啡馆里。他从儿子裴塞比的手势中已经知道这位"贵客"的来临。坐在柜台后面的店主人当时就把嘴巴向右一歪。切萨罗立即会意，装作上茅房的样子，从店主人右边的那个小门溜到后面去了。店主人倒真是一个"艺术家"，不过从来没有成名——到目前为止，也似乎还没有任何成名的希望，所以他就干脆下决心来守这件祖传家业："天堂"。他发现这里的生活相当丰富，因而就和形成这种丰富生活的顾客们结成了亲密的友谊——当然那位"绅士"是例外。除了这位"绅士"以外，每一位顾客的情况，他可以说是了解得相当清楚。他特别同情切萨罗的境遇和"义愤"。他知道"绅士"对切萨罗的行动感到浓厚的兴趣，而这种兴趣，照他的话说，是"动机不纯的"。因此当这位"绅士"光临的时候，他非常赞成切萨罗到他后屋那个作为"画室"的五米见方的小卧室里去休息一下。切萨罗在那里待了将近半个钟头，直到裘塞比进来喊他出去为止。

他从儿子的口中知道那位"绅士"又叫亚贝尔托擦过皮鞋，并且还询问过有关他的事情。在平时，他只要了解到这种情况也就算满足了。但今天不知怎的，他感到有点不安起来，因为他忽然意识到，这位"绅士"最近到"天堂"来的次数多了，而事情又很凑巧，他最近也得经常到"天堂"里来和其他厂子的工人接头，因为这些日子里生活费上涨得厉害，大家都吃不饱饭，正在计划一个要求增加工资的运动。"绅士"这样关心他的行动，是不是和这件事有关呢？

这天晚上，他没有心思去睡觉。事实上，即使睡也睡不着，因此他沿着提伯尔河无目的地向前走，希望河边的晚风能够吹散他脑中的一些思虑。他在不知不觉之间，来到了亚贝尔托的门口。这也是一个由旧木板和洋铁片搭成的棚子，不过外面叮叮当当地挂了许多破油毡布，样子显得颇为温暖。有一个微弱的灯光从板壁缝里射出来。他知道亚贝尔托和他的妈妈大概还没有睡，所以他就轻轻地把门敲了两下，接着就不声不响地走了进去。

里面的人果然没有睡。亚贝尔托正在灯下检验一个由他自己配制成的小收音机，他的妈妈聚精会神地坐在旁边观看，好像这就是她生活中一件最大的幸福似的。切萨罗寒暄了几句就也在旁边坐下来，没有打断他们的兴致。他本来是这一家的老朋友，但是自从亚贝尔托的爸爸——罗马近郊一个汽车厂的老工人——三年前死去后他就没有常来。不过每次来时他总是像一家人一样，立刻就和他们打成一片。过了一会儿，收音机发出嘎嘎的声音：它接收到一个电台了。妈妈的脸上射出一个高兴的微笑：儿子的试验成功了。

"他做一件事就像一件事！"妈妈把头掉向切萨罗，同时用一种骄傲的口气说，"他近来一有空就搞无线电。他希望将来做一个电磁学家。"

"志气不小！"切萨罗说，"我也不赞成他老是坐在'天堂'门口替人家擦皮鞋。不过搞电磁这类玩艺儿可费钱啦。"

"对！"妈妈说，"钱的确紧得很，不过有一位客人对他很慷慨，常常加倍地赏给他一些小费，他可以积攒一点下来买些零件。"

"他还说只要我听他的话，他可以赏给我更多的钱，"亚贝尔托忽然抬起头来说；很明显，他对他们的谈话感到了兴趣。"不过我讨厌他这个人，我干吗要听他的话呢？"

妈妈连忙在胸前画了一个十字，说："你是我的儿子——我的唯一的儿子，你可不能让一个陌生的人牵着你的鼻子走啦！"然后她望着她儿子天真的脸孔，觉得很放心，就轻松地叹了一口气。

"那个客人是谁？"切萨罗用一个镇定的声音问。

"您说是谁？"亚贝尔托说，把眼睛睁得斗大，"还不是那个一年四季都戴着一副蓝眼镜的小胡子。他以为他像一位绅士，事实上，他像一个小丑。"

"所以他一到'天堂'大家就不理他，"切萨罗补充说，"我已经猜到，给你额外小费的人就是他……"他忽然停住，沉默了一会儿。他的神情变得非常严肃起来。他注视看亚贝尔托那对天真的大眼睛，出其不意地问："他叫你干过什么事情吗？"

亚贝尔托愣了一下。他的眼睛越睁越大，有好半晌说不出话来。他开始意识到切萨罗的问话的语气相当严重。

"他叫过。"亚贝尔托直率地说，"他叫我告诉他，每次你到'天堂'里来和一些什么人讲过话。谁到'天堂'里来不和人谈谈话呢？我觉得他这个人吃饱了饭无事做，爱管别人的闲事。我可没有这种闲工夫管这类的无聊事儿。所以我就没有理他。"

"没有理他很好。裴塞比也对我讲过你不大爱理他。"切萨罗说，他严肃的脸色这时松弛了下来，露出一个微笑，"不过我想他不是吃饱了饭无事做而来管别人的闲事的。恰恰相反，他可能是专靠管别人的闲事而吃饱饭的——吃得比你我都好，可能还天天喝酒呢。这类人现在多得很。你知道，我和你的爸爸一样，是一个成天流汗还吃不饱饭的工人。正因为我们吃不饱饭，所以这类人才'关心'我们。他们怕我们起来闹事，起来要求增加工资，所以他们才特别'关心'我和一些什么人来往，干过些什么事。这些家伙真是无孔不入，连你这样一个天真的孩子他们都想利用一下。"

"那么'绅士'是一个可疑的人物了。他到底是什么人呢？"亚贝尔托问，他的眼睛睁得几乎要裂开。

"是贼！"妈妈忽然插进来说，"我知道这种人！我可认识他们！你的爸爸——可怜的老实人——有一次被削减了工资以后，在厂里随便发了几句牢骚，隔不两天就有一个'绅士'模样的人在他常去的一些地方打听他的动静，弄得你爸爸坐卧不安。他怕被开除，怕失业。结果急得他害了一场大病，再也恢复不了元气，最后到底还是被解雇了。不然的话，我早已让你把小学念完了。"

亚贝尔托点了点头，似乎听懂了妈妈的话，又似乎没有听懂。他把他那对充满了疑问的大眼睛掉向切萨罗，关心地问："我还弄不太清楚。您说，切萨罗叔叔，那位'绅士'究竟是什么人呀？"

切萨罗轻轻地摇了摇头。

"这位'绅士'的来历我们至今还没有弄清楚，"他说，"'天堂'的店主人对于他的顾客的情况一般是相当了解的，只是对于这个人还是摸不透。看他的装束像个美国人，但是他却讲一口地道的罗马话。人们不知道他是从哪里来的，也不知道他走到哪里去。每次他离开'天堂'以后，走出这条僻静的小街，拐几个弯，就坐上一辆停在路旁的小汽车不见了。'天堂'的客人中，有一个正在计划画一部《罗马人物志》的艺术家说，此人曾经是一个活跃的法西斯党徒，墨索里尼垮台后，他就溜到美国去了，在那儿混了几年，后来看到国内的局势在美国人的'帮助'下渐渐'稳定'了下来，他又大摇大摆地跑回来了。他既不是一个艺术家，也不是一个工人，他经常到像'天堂'这样的咖啡馆里来究竟是为了什么目的呢？而他每次来时必打听像我这样一些工人的行动，这又是为了什么呢？这个问题，'天堂'里的任何客人都回答不出来。"

"可能他又在搞法西斯的勾当了！"亚贝尔托忽然灵机一动，说出了这句话。

在他的记忆中，法西斯党徒所留下的印象还没有淡下去。

把他爸爸弄得神经衰弱的那个家伙就是一个法西斯党徒。

切萨罗点了点头，同意他的看法，说："我猜想他大概就是这样一个人物吧……"

这时亚贝尔托忽然沉思起来。他没有说话。他的视线慢慢地从切萨罗移向他刚才试制成功的那个小收音机。但是……收音机的零件却是用这位可疑的"绅士"所给的小费买的。他还计划要作更复杂的试验。他是不是还要接受这位"绅士"的赏钱呢？他心里感到极端矛盾，也感到极端不快。他低下头，使劲用手一推，收音机滚到地上去了。

幸好收音机还没有被砸碎。妈妈把它捡起来，轻轻地放在床底下。然后她抬起头，对着切萨罗发出一个微笑。她好像想要替儿子这种意外的行动作一番解释似的，对切萨罗说："你知道，我的孩子是一个富于感情的人。"

"我喜欢这种感情，"切萨罗称赞地说。于是他站起身，在亚贝尔托头上抚爱地拍了一下，补充着说："劳动了一天，你现在该感到困了。早点上床去休息吧。"

于是他回过头向妈妈说了声"晚安"，就告辞了。

亚贝尔托的妈妈，自从孩子的爸爸死后，眼看孩子很小，生活无着，急得失眠了好长一段时间，最后得了一种心跳的慢性病，不能干任何比较劳累的工作。实际上她完全得靠亚贝尔托来养活。为了生活的需要，所以亚贝尔托不得不每天照例上"天堂"去擦皮鞋，虽然他已经开始对这件工作感到有些苦恼——这些苦恼，很明显，完全是那位"绅士"所造成的。

这位"绅士"也是照例经常来拜访"天堂"，来时也是照例在他面前停一下，停下的时候也是照例叫他擦皮鞋，擦皮鞋的时候也是照例称他为"我的朋友"，照例赏给他相当于擦皮鞋钱两倍的小费。在这种场合下，亚贝尔托心里总是充满了激烈的斗争。不接受他的钱吧，他生活上有这种需要；接受他的钱吧，他感到屈辱。这位"绅士"一来，他就觉得他的脸上有些发烧，抬不起头，而抬起头来的时候，他就发现裘塞比在旁边望着他。当然，裘塞比的脸孔总是笑着的，好像是对他说：我完全理解你的心情。但是这种笑，在他看来，他觉得比责备他还厉害，因为他知道，裘塞比是非常不喜欢这位"绅士"的。

有一天下午，这位"绅士"大摇大摆地走进这条僻静的街里来了。裘塞比正在"天堂"里弯着腰捡烟头。只有亚贝尔托一个人发现这位先生走过来，但已经晚了，这位先生已经站在他面前了。这时切萨罗正在"天堂"里和一个工人咬着耳朵谈话。他猛然一抬头，瞥见了这位"绅士"正站在窗外，而且还正在瞧着他。很自然，在这种情形下，最恰当的办法是表现出镇定。他若无其事地继续和那个工人交谈。这位"绅士"，也为了表示镇定起见，就把脚往亚贝尔托面前的小凳上一伸，装作是要擦皮鞋的样子。

亚贝尔托没有料到事情来得这样凑巧。他不知怎样办才好。朝上一看，这位"绅士"脸上正现出一种得意之状。他的那撮小胡子下面露出一个冷笑，好像是在说："平时叫你告诉我一点有关切萨罗在这儿的活动，你不理，现在我可亲眼瞧见了！"这个冷笑里包含着无限的恶意。亚贝尔托对于这个人顿时感到说不出的厌恶和憎恨。就在这个时候，裘塞比从"天堂"里轻轻地走出来了。他站在这位"绅士"的背后，面对着亚贝尔托轻轻地摇着头，似乎是在对他说："不要擦他的鞋！"

"天堂"里外，好像是有一个魔法师使了魔法似的，顿时呈现出一种紧张状态，虽然大家都尽量想显得自然些。这位"绅士"当然也嗅到了这种气氛。为了缓和空气，他就把腰弯下来，做出一个亲切的样子，对亚贝尔托说：

"我的朋友，那个穿青灯芯呢裤子的人到这儿来了多久……"

"我不是你的朋友！"亚贝尔托打断他的话说，"请你走开！"

这位"绅士"愣了一下。但是没有马上表现出他的恼怒。

"把我的鞋擦好了就走，"他用一种类似幽默、但实际上是轻蔑的口吻说，"难道你不需要钱吗？记住，跟我打交道是从来不吃亏的。"

于是他掏出一张钞票。他拿着钞票在亚贝尔托的眼睛面前晃了两下，然后塞到他的手里。亚贝尔托立刻把它撕成碎片，捏成一个球，向他的那撮小胡子打去。"天堂"里坐着的人，直到现在一直没有作声，这时忽然像触了电似的爆发出一阵哄笑，几乎连窗玻璃都震动起来了。这位"绅士"没有料想到会有这个场面。他的脸色一会儿发青，一会儿发白，倒是相当怕人。

"难道你们想要造反不成！"他大吼一声。

他的手本能地捏了一个拳头，在空中发抖，恨不得一下子就打下来，把亚贝尔托的脑袋劈成两半。在这一忽间，站在他后面的裘塞比出其不意，一把抱住他的双脚，使劲地往后一拖。"绅士"失去了重心，立时就全身倒下来了。他的鼻子撞着人行道，被顶歪了半寸。鲜血像河流似的从他的歪鼻孔里直往外淌。他那副四季不换的深蓝色太阳镜也跌成了碎片。

这时切萨罗连忙从"天堂"里跑出来，朝着他的脑袋就是一脚。他当然早已失去了知觉，这一脚更使他不省人事。刚才和切萨罗一起咬着耳朵谈话的那个工人也跟着走出来，用他那个布满了厚钉的靴子在这位"绅士"的屁股上又重重地踢了两下。然后他就顺势在这个屁股上轻轻地一蹴，这位"绅士"就像一条死狗似的翻了一个身，面孔朝上。蓝色的太阳镜既然砸碎了，他的真面目也就现出来了。

"吓！这家伙我倒像在什么地方见过啦，"他说，同时抓了抓脑袋，似乎想要记起一件什么事情，"啊，有了，他常常在一个美国的机关里出进，我看见过他不止一次。"

"我倒也觉得和他有点面熟，"切萨罗琢磨着他那个撞破了的鼻子和露出的眼睛说，"只是他的这撮小胡子有点蹊跷。且慢，待我检查一下！"

于是他弯下腰，像一个大夫似的检查起来。他用两个指头把那撮小胡子轻轻一拉。出乎意外，他居然很容易就把这撮小胡子拉掉了。原来它是一件赝品。

"老兄，想不到在这个奇怪的场合遇见你！"切萨罗对着这位面向苍天的"绅士"说，然后他把头掉向从"天堂"里跑出来赶热闹的顾客们说："你们知道他是谁吗？他就是咱们厂里的侦察长。他化装得真巧妙，我一直没有认出来。我可以说是和他久违了，哈，哈，哈！"

这话刚一讲完，街头就出现了几个警察。他们正在急促地赶来。大家看势头不对，就赶快离开。亚贝尔托也打算拔腿就跑。但是转念一想，他觉得他应该留下来。他站在"绅士"旁边。他的头脑虽然幼小，但这整个事情的性质，他心中现在已经弄得相当清楚了。他知道切萨罗叔叔有重要的任务要完成，不能让他牵涉到这件案情中去。当警察把他围住的时候，他的心里更明白了。他望了望躺在他脚下的这位"绅士"，轻蔑地吐了一口涎。

"是你把他推倒的吗?"一位貌似巡官的人问。

"这样一个大块头,我怎能推倒他?"亚贝尔托说,"他生气要打人,使劲太猛,站不住脚才自己摔下来的。"

"那么他为什么昏过去了呢?"

"因为我顺势在他的头上踢了一脚。"

"你为什么要踢他呢?"

"因为他想要打我。"

"为什么他要打你?"

"因为他瞧不起穷人,说了侮辱我的话,我不愿意擦他的皮鞋。"

"有谁指使过你没有?"

"没有。"

"还有别的人踢过他没有?"

"没有。"

"你能对你的话负责吗?"

"当然负责!"

这位巡官模样的人在一个小本子上把这段谈话一字不漏地记录下来了。接着他把头掉向旁边的警察,使了一个眼色。警察当时就抓住亚贝尔托的双手,把他逮捕起来。这位巡官模样的人于是发出一个冷笑,用两个指头在亚贝尔托的头顶上敲了一下,讥讽地说:

"小混蛋,你知道这位绅士是谁吗?"

"当然知道,"亚贝尔托毫不犹疑地说,"他是一个大坏蛋!"

"但是你明白你踢这一脚的代价吗?"

"我当然明白:我不能再在这里擦皮鞋,不能养我的妈妈，不能做我的电磁试验……"说到这里，他忽然顿住了。他觉得他的这些话是一种软弱的表示。于是他提高嗓子，补充着说："滚你妈的！你问我这些话干什么？你胜利了吗？我不怕你的！"

"你这个小混蛋，关上你十年你就知道怕了。走！"

亚贝尔托提着他那套擦皮鞋的家什，昂着头，挺着胸脯，在这帮警察的"护送"下向大街、向人群走去。

别　离

第二个夜晚

　　小冬是一个中国孩子，小豹是一个索马里[1]孩子。两个人虽然肤色不同，国籍不同，但是友好的程度却像一对亲兄弟。他们生活在一起，工作也在一起。他们早晨一起去上工，晚上一起下工。他们的工作地点是亚丁港[2]的"泰来旅馆"。不要看他们的年纪小，他们是这个"旅馆"的经理、账房兼跑堂。因此当他们在工作的时候，他们可真像两个大人，非常稳重，不轻易跑开，小豹尤其是如此——他一生下来就是一个不太喜欢活动的人。正是由于这个道理，所以齐格鲁妈妈给他取了一个象征

1. 索马里人是住在赤道和亚丁湾之间的一个东非洲的种族。他们的国家（索马里兰）分做四个部分，一部分在埃塞俄比亚，其余的三个部分分别由英国、法国和意大利统治着。
2. 这是位置在红海和印度洋之间的一个小港口，方圆不到两里，居民是索马里人。它是英国的直属殖民地。所有通过苏伊士运河到东方的船只都必须经过此地。

好动的动物的名字。

这里所要讲的一些事情，当然不一定都是与他们两个人有关。但是当他们知道有这样一些事情的时候，他们就感到相当的激动。他们也想听听这些事情。天还没有黑，小豹在"旅馆"里就待不住了。现在又到了点灯的时分，月亮也已经出来，他就更待不住了。

"大概再不会有客人来了吧？"他站在"旅馆"门口对小冬说，"我到码头那边去探问过，今天再没有船来。"

"要是没有船来，那大概就不会再有客人来了。"小冬说。

"那么现在咱们就去，好吗？"小豹说，"不然就晚了！"

他们所要去的地方就是"旅馆"后边那个小山山半腰的土坪。这是王祥伯伯的住屋—— 一座相当干净的小茅屋——门前的一块乘凉的空地。王祥伯伯和齐格鲁叔叔两家在这附近住了十多年，但是还没有充分利用过这块空地。这是因为两家一直都在为生活而繁忙，没有闲过，连晚上的时间都不愿意白白地浪费掉。不过最近王祥伯伯一家要离开这块地方。两家在一起相处了这么久，从来没有在一起好好地谈过心，聊聊天。所以王祥伯伯现在就决定利用晚间的时间请齐格鲁老夫妇到这个土坪上来坐一坐，喝几杯中国茶——王祥伯母做的广东茶特别好喝；在喝茶的同时大家也可以谈谈自己的生活和感受。王祥伯伯多么希望两家彼此留下一点记忆——他知道他们一分手，在短时间内就不一定能有机会再见面了。他们的聊天实际上昨天晚上就已经开始了。当时两家的两个大女孩子左菲娅蒂和翠莲也都在场。她们发现两家老人所谈的事情非常有趣。她们把这情况告诉了自己的弟弟。所以现在小豹和小冬就急忙要到山半腰的土坪上去。

这两位小经理、账房兼跑堂在"旅馆"里巡视了一周。这个"旅馆"的位置在刚才所说的那个小山脚下，面对着海，离码头有两里多路远。附近除了一些在港口做工的索马里人的茅屋外，什么也没有，环境看起来颇有点荒凉。"泰来旅馆"恐怕就是这儿唯一的一个大"建筑物"了。它是由二十多根木柱子和一个宽大的草顶所组成的凉篷。它的外边围了一圈常春藤编的篱笆。它的内部设备既没有什么房间，也没有什么家具，只有排列得像棋盘似的一行一行的绳床。绳床上那些用绳子编的"床垫"，密度很稀，旅客们睡在这上面，可以说上上下下、前后左右都通风。这样的床，在这个炎热的地方，不能不说是因地制宜，相当适用。从经济方面来说，这样的床，像这个"旅馆"一样，造价不高，所以收费也很低。一个旅客，只需付出相当于半包香烟的代价，就可以在这里安安稳稳地睡一宿，不管外面是在打雷、闪电、刮风还是下雨，都不必害怕。总的说来，旅客们（他们大部分是在外国船上工作的、路过的东方水手）在这里都睡得很香，而且手续简单，既不要呈验护照（他们大多数都没有护照），也不要交押金。他们随时可来，随时可走。来时只要交几个铜板的宿费就算办清了手续。

小冬和小豹在"旅馆"的各个角落仔细检查了一番。地上没有留下什么未熄的烟头，旅客们也似乎入睡了，所以他们就放心大胆地走出来，把"旅馆"的门（也是用常春藤编的一扇篱笆）顺手带上；于是他们就爬上一排陡峻的狭窄的石级，到那个土筑的土坪上来了。土坪后边，靠着一个石崖立着的就是王祥伯伯一家的住屋。再下面，在通向市区的柏油汽车路旁，还有一个矮矮的石屋。这就是王祥伯伯所开创的另一桩事业"泰来杂货店"。齐格鲁叔叔作为店伙，就住在这里面。齐格鲁妈妈、左菲娅蒂和小豹，当然也住在这里。这个小土坪恰好是"泰来旅馆""泰来杂货店"和王祥伯伯的茅屋的交叉点，不过略微有点高高在上而已。

果然不错，两家的老人以及左菲娅蒂和翠莲都在场，他们围坐在一张小桌的四周。小桌上放着一壶茶。他们照中国广东乡下的习惯（因为王祥伯伯是来自广东的一个农村），正在啜茶。齐格鲁叔叔和齐格鲁妈妈啜得那么自然，好像他们就是两个中国人似的——他们在这方面一点也不像是索马里兰高原上的牧人。看样子，他们已经在这里坐了好一会儿，并且已经开始聊天了。

小豹用手肘弯把小冬轻轻地捅了一下，意思是说："咱们来晚了！"

"这两个小鬼也摸来了！"王祥伯母说，同时挤出一点空间，好让他们也能在桌旁坐下。"好，喝一杯茶吧！"

"你们倒晓得舒服，看见我们在这儿吃茶，你们也凑来了！"王祥伯伯说，"今天的活都干完了吗？"

"干完了，"小豹说，"一共来了十九个客人，因为今天有两条船进港。七个中国人，四个阿拉伯人，四个印度人，两个黑人，两个索马里人。"

"两个什么索马里人？"齐格鲁妈妈问。

"两个赶羊的牧人，"小冬说，"他们卖了一群牲口，来不及回到山里去，所以也到旅馆里来了。"

"好！"王祥伯伯说。

"你看这个旅馆给人多少方便！"齐格鲁叔叔说，"它不单是给你们中国路过的水手方便，也给其他国家的人方便。"

"你必须告诉我们，"齐格鲁妈妈忽然对这个问题感兴趣起来，"你怎样想起要开这样一个旅馆的！你曾经料到过它会起这样的作用吗？"

她这个人不仅喜欢多嘴，而且对什么东西都好奇。

"要告诉你当然是可以的，不过说起来话很长，"王祥伯伯说，于是他深深地在他那管从家乡带来的竹烟袋上吸了一口，接着他又把烟呼出来，似乎是在长长地叹一口气。他继续说："明天再讲这件事情吧，今天孩子们都累了。你看左菲娅蒂的头都弯下来了。"

左菲娅蒂待想抗议，说她并没有睡意，但齐格鲁叔叔已经站了起来，并且还拿起了凳子，是要走的样子。他和王祥伯伯是老朋友，了解他的脾气。王祥伯伯既然要让小孩子去睡觉，他当然要支持他。小豹和小冬喝了一口茶，感到相当的失望。有什么办法呢？他们只希望明天不会收工得这样晚，能按时到这里来。

第三个夜晚

小豹和小冬今天"下班"比较早。他们爬上土坪的时候，恰好两家的老人刚刚坐下来。翠莲在忙着泡茶，左菲娅蒂在忙着搬茶具。这些事情做完后，她们也挨在那张小桌旁边坐下来。小豹和小冬搬来两个小凳子，坐在他们的后面。

这时，齐格鲁妈妈咳嗽了一声，是要讲话的样子。事实上她已经等得不耐烦了：虽然她已经不再是年轻了，但她却仍然充满了年轻人所特有的那种精力和对生活的兴趣。叫她坐着不讲话，正如叫一个孩子坐着不要动，是同样的困难。

"你昨晚说，要讲清开旅馆的来由，话可是长得很，"她终于开口了，"究竟怎样长法，我倒很想知道呢！"

"好吧，我讲讲试试看吧，讲不完可不能怪我啦！"王祥伯伯带着幽默的口吻说，"我本来是在香港一条英国小火轮上当火夫，从来没有跑过很长的路，最远的码头也不过是越南的海防，一个星期就可以打来回。"

"那么你怎样来到亚丁港的呢？"小豹插嘴问。

"不要作声！"齐格鲁叔叔下命令说，他的语气非常严厉。"你一插嘴就把王祥伯伯的话头打断了！"

果然再没有什么人敢作声了。齐格鲁妈妈连啜茶都不敢发出声来——她现在非常喜欢喝中国茶，每天非喝两杯不可。她很奇怪，从前她一家子住在卫比河流域¹的时候，为什么没有发现过这种好东西，而她居然能活到现在！在这种极端庄重的肃静气氛中，王祥伯伯一口气讲完了他所要讲的话。

他所讲的事情经过是这样的：

一九一七年夏天，有一艘英国货船，满载着鸡蛋和猪肉，从上海开到香港，准备再由香港开回到英国去。那时第一次世界大战打得正酣，英国需要粮食。所以这批货物必须尽快地运到英国。船上很挤，因为所有的空间都被货物占用了。住在舱下的水手——火夫、小工和木匠等——差不多全是中国人，由于卫生条件很坏，再加之天气炎热，他们中间就开始流行起霍乱来。待船长发现时——他从来不下火舱——这些水手已经死掉了一半。他一时没有办法，就在香港"重金招聘"中国人到

---

1. 这是过去意大利属索马里兰的一条大河，发源于埃塞俄比亚。

舱下来当水手——所谓"重金招聘"是指船开到英国后，每人在规定的薪水上再加百分之十的奖金。王祥伯伯就是这样来到那艘货船上工作的。当然他一点也不知道，舱下正在流行着霍乱。待他知道时已经晚了。船已经启了碇，他又没有护照，到什么地方他都不能下船。为了隔离，舱下的中国水手又不准到甲板上来。他实际上成了一个俘虏。但是他年轻，抵抗力强，终于坚持下来了。

船走得很慢，在印度洋和红海上足足航行了两个半月。这个地区的天气比香港要热得多，被关在甲板底下的这批中国水手们，过了红海以后，一个个都骨瘦如柴，活像骷髅。王祥伯伯自然也不例外。用他的话说，他"身上的血肉都变成汗水流干了"，他随时在等待死亡的到来。他不悔恨他一时天真，在香港"应了聘"，结果上了这样一个大当，因为这样的事情谁能预先料得到呢？他只遗憾，他的尸骨将回不了故乡，因为他知道，他一死，人们就会立刻把他扔到海里去喂鱼。说来也巧得很，还没有等到他死，一个喂鱼的机会居然就到来了。

船开进地中海的时候，航行得非常平稳。地中海本来就是欧洲的一个内海，不仅安静，而且气候也很平和。他不时爬到隔离甲板和火舱的那个小铁栏栅门旁，承受一点由甲板上走私进来的阵阵凉风。他开始感到身体舒畅一些。他觉得他大概不会死了。但是没有想到，船快要到达直布罗陀的时候，船身忽然激烈地震动起来，好像外面正在起一阵暴风雨。接着船就开始摇摆，似乎是要向一边倒下去的样子。

这时天还没有亮，大家正在熟睡。火舱里的水手最先发现海水像瀑布似的在灌进来。王祥伯伯第一个跑到那个通向甲板的铁栏栅门后面高呼警报。亏了他这一喊，铁栏栅的门算是开了，其他的舱下水手们这才算有机会同时都涌到甲板上来。原来附近有一艘德国潜艇，对着这艘货船一连放了三个鱼雷，而且每个鱼雷都命中。船在下沉。

船上欧洲籍的工作人员立刻登上了救生艇，只有船下面的这群东方水手没有人管。王祥伯伯第一个带头抢夺船栏杆上挂着的那些救生圈。虽然他头上接连挨了好几棒子，但是他像其他的中国水手一样，始终没有放弃他已经得到手的救生工具。他对打他的人狠命地踢了一脚，就顺势跳进水里去了。这时不知是由于他受到清凉海水的刺激，还是由于他感到身心获得了解放，他那个一直被烈火烤得昏昏沉沉的头脑开始清醒过来。他感到全身酸痛，感到他那双泡在海水里的腿子开始痉挛，于是他的神经掣动了一下。他失去了知觉。

待他醒转来的时候，他发现自己躺在一条英国的兵船上。这已经是他跳进水里第五天以后的事了。他是八个钟头以前被捞起来的。

躺在兵船上怎么办呢？他既不能去英国，当然更不能回到香港。因为兵船的任务是在地中海上巡逻，不会开到东方去，即使去也不一定愿意带他这样一件"货物"。不过船长很聪明，他把他移交给一艘正要开往印度的货船。货船的船长也很聪明，他把他仔细打量了一下，看出他是一个颇能吃苦耐劳的火夫；他估计他休息几天后就又能下舱工作。他正缺少这样一个人。不过他的算盘打错了。休息了几天以后，王祥伯伯不仅不能下火舱，连行动都有点不灵。他染上了风湿病。所以船进了亚丁港以后，他就被当成废品卸下来了。

亚丁港是由英国管辖的一个"自由港"。各国的货物可以在此地"自由"进出，不必上税；各国的水手也可以在此地"自由"进出，不必交过路钱或验护照。但这里却有一件不"自由"——一件非常重要的不"自由"，找吃饭困难。他在这里找不到饭吃。幸而这里的阳光好，他可以大量地吸收阳光中的维生素。晒了几天太阳以后，他的四肢又慢慢地变得灵活起来了。下一步怎办呢？在路过的船上去找工作做吗？许多中国的水手就是这样。他们常常被外国的船主骗上船去，做些临时工，到了埠头，货物卸掉了或装完了，对他们没有需要了，就又把他们当作垃圾推下来。亚丁是他们的堆积站。他们在这里的石崖下面露宿几夜——因为市区是不准他们露宿的，如有过路的船需要短工，他们就又上船去。王祥伯伯是不是也想这个办法呢？他仔细考虑了一下：自己现在有了点风湿病，船长一发现，说不定当时就会把他扔进海里去喂鱼！左思右想，王祥伯伯找不出一条出路。

他开始在码头上徘徊起来，样子很像一个乞丐。许多在这里路过的中国水手看到他这种骨瘦如柴的形状，心里就已经有几分猜着了他的遭遇。他们像他一样，大多数也是从香港被骗到船上来做苦工的穷人。他们不仅了解他，而且也同情他。因此，他们只要见到他，多少总要给他几个零钱，作为一种同乡关怀的表示。

王祥伯伯是非常刻苦的。他知道这些零钱来得不容易，它是同乡们的血汗。他宁可到山上去找野菜吃，也不愿意把它花掉。过了几个月以后，他手里就慢慢有些积蓄了。他觉得这些钱仍然应该花在同乡们的身上。这些同乡一到这个埠头，就像他一样，常常在崖石下面过夜，有的甚至被毒蛇咬出病来。他想，他应该为这些同乡们找一个宿处。因此他就从一个种菜园的索马里人那里买了一块空地，然后又买了一些木棍和茅草，搭了一个类似凉亭的篷子。这个凉篷虽然简陋，但是搭成后，他的心情是那么喜悦，他特地为它起了一个响亮的名字："泰来旅馆"。在这里路过的中国水手，有了这座"泰来旅馆"，此后就可以不必露宿了。

"这就是这个旅馆的来历。你看，它说起来多么简单！"王祥伯伯讲完了他的故事后对齐格鲁妈妈说。然后他又把头掉向她的丈夫："你听到了这样的故事恐怕要感到枯燥吧！"

"才不呢！有趣得很！"齐格鲁叔叔说，"我原来还以为你在中国就是一个开旅馆的人呢。没有想到你还当过水手！"

"我起初也并不是一个水手，"王祥伯伯解释着说。他的声音开始有点嘶哑。

"那么是什么呢？"齐格鲁妈妈又好奇起来。

"你可不能再叫王祥伯伯讲了，你没有听到他的声音已经哑了吗？"齐格鲁叔叔提醒他的太太说。

"王祥伯伯，请你明晚接着讲，明晚接着讲！"左菲娅蒂和小豹齐声喊着。他们和妈妈一样，对于王祥伯伯所讲的故事也感到浓厚的兴趣。

王祥伯伯看到孩子们这样兴奋，也感到非常愉快。所以他很爽快地说："好吧，我明晚接着讲。"

第四个夜晚

王祥伯伯是一个守信用的人。接着的这一天晚上，他一坐下来就继续讲他头天晚上没有讲完的事情。月亮非常好。他从孩子们的面部表情上可以看得出，他们是多么切望地在等待他。他们严肃的沉默表示他们已经不能再等待了。

"我在当水手以前是一个种田人！"王祥伯伯直截了当地说，"不，我的祖先也是种田人……"

他刚一开始又忽然顿住了，深深地抽了两口烟，好像他是想从回忆里唤回一件什么东西。齐格鲁一家同时微微地动了一下。看样子，王祥伯伯的话似乎引起他们的惊奇。左菲娅蒂和她好奇的妈妈直望着他的烟管发愣，而这烟管每当他抽一口的时候，就对天上的星星眨一次眼睛。这就把当时的空气弄得更加神秘化起来了。

王祥伯母不喜欢这种意义不明的沉默。一贯不大喜欢讲话的她终于也忍耐不住了。

"说呀！"她对丈夫说，"你把大家都关在一个闷葫芦里干什么呀！"

王祥伯伯没有立刻回答。他把烟管里的烟灰磕出来，于是又啜了一口茶，好像他是准备一口气把整个故事讲完的样子。

"说来也很简单，"他用一个不慌不忙的、平静的声音说，"我从六岁起，就开始跟爸爸学种田，到了十七八岁的时候，我已经是一个能掌犁的后生了。我们家里本来只有三亩半田。我既然能顶一个人用，我家就有多余的劳动力了。所以爸爸就向隔壁村子的田主人租了五亩田。自然，生活上也有这个需要，因为我们家里又快要添一口人了……"

"他是说，不久我就到他家里去了！"王祥伯母解释着说，"我可没有白吃他家的闲饭，我也和他一道下田去做活！"

"是的，你没有闲着，你是一个喜欢做活的人。可是你一下田，我们的劳动力又用不完了！"王祥伯伯说。于是他马上又回到原来的话题上去："说来说去，我们缺少的东西就是田地。因此我们又向隔壁村子的田主人租了三亩田来。他是一个大财主，不仅有好几百亩田，还在县城里开了一个染坊和一个杂货铺。他自己并不种田。他的田统统都佃给别人。谁能出高额的佃租，谁就可以租到手……"

"我们的佃租要算最高，每年的收成得和他对半分。"王祥伯母又解释着说。

"你让我说下去呀！老插嘴干什么？"王祥伯伯说，他有点不耐烦起来，"和他对半分当然也可以呀。无论如何，我们总还可以保留一半的粗粮食。只要我们勤快，省吃俭用，我们还是勉强可以活下去。你们知道，我们这种下力的人只要有饭吃就不怕。我们生活得还相当愉快，因为不多久我们就有了头一个孩子……"

这时，王祥伯母不知怎的忽然变得兴奋起来。她似乎觉得，凡是有关孩子的事情都应该由她来讲才对。所以她又打断丈夫的话，说："我们的大孩子真是可爱，又胖又活泼，长大成人以后，准定比他爸爸还能干——实际上也是这样……而且……而且两年以后我们又得了一个儿子！"

"你看，你又来了！"王祥伯伯一气之下，就停住不想讲了。他把烟管装满烟，打算独自个儿抽几口："你有本事，你就讲吧！"

王祥伯母素来是很体贴丈夫的。不过他现在既然在老朋友面前向她挑战，她也不愿意示弱。在她看来，她生的孩子的确要比丈夫能干得多。至于她自己呢，她不仅把孩子抚养大了，而且在丈夫离开家的那一段漫长的时间里，整个的家就是由她一手来撑持着的。所以谈起家乡的事情来，她比王祥伯伯更有资格，而且可能还谈得更中肯，更生动呢！

"好，我就来讲吧！"王祥伯母说，"隔壁村里的田主人看见我们人丁兴旺，劳动力又要多起来，心里就很不舒服。有一天，他就派他们的管事到我们家里来。这个狗仗人势的大烟鬼，说不上三句话就拍起桌子来。他骂我们自己不该有那三亩半田，因为这几亩田正是在田主人的祖坟的山脚下，占了田主人家的地气。这也就是说，我们人丁兴旺，是因为我们偷窃了田主人家的好运。他说这是'不公平'的。他说，如果我们是田主人家的好佃户，我们就应该乖乖地把这几亩田献给他。他说，只要我们献给他，我们仍然可以继续种这几亩田。这哪里像人说的话呢？我们一时压不住火气就和他打起来。小冬的爸一脚把他踢到门外！"

"结果又怎么样呢？"齐格鲁妈妈焦急地问。她忽然变得紧张起来。

"管事当然不会放手，"王祥伯母说，"他在田主人面前告了我们一状，田主人又到县里去递了我们的呈子！"

"可是我们也到县里去告了他！"王祥伯伯这时也按捺不住自己的火气，插了进来。

"但是我们的官司打输了！"王祥伯母直截了当地说，"县长是田主人的朋友。他故意把案子拖了两年多，过了二十多次堂，每次过堂，我们都得在讼棍身上花一大笔费用。他们有钱人花得起，我们穷人可花不起。两年拖下来的结果，我们全部的家财都赔进去了。这完全是县官和田主人一起布置的圈套，不过待我们看出来的时候，已经晚了。官司自然也打输了，我们那三亩半田最后自然还是被田主人拿走了。他租给我们的那几亩田，他也收回去了。我们的生活走上了绝路。别的田主人和他全是一鼻孔出气，自然也不愿意租田给我们。孩子一天一天地在长大，胃口好，可是就没有东西吃。老爷爷急得也睡不着觉，后来害了一场大病就去世了！"

"太岂有此理！太岂有此理！"齐格鲁妈妈一边说，一边连连摇着头。

"但是田主人还不放手，他又来一套假仁假义的把戏。"王祥伯母继续说，"他派另一个狗腿子来对我们说，他是一个慈悲的人，他不愿意让我们饿死，更不愿意看到我们一家人的劳动力无处用，白白地浪费掉。所以他说只要小冬的爸爸到田主人的家里去烧一把香，在田主人的祖宗牌子上挂一道红，当众对田主人磕五个响头，赔礼道歉，那么我们就可以再租到他的田了。小冬的爸当这狗腿子的面啐了一口涎，接着就在他的腰坎上踢了一脚，把他轰了出去。就在当天晚上，他背着一捆破行李离开了家乡。田主人看见他在我们身上再榨不出什么油水来，也就不再告我们了。至于我自己呢？我领着两个孩子，在乡里有时打打零工，有时讨讨饭。我真不知是怎样活过来的……"王祥伯母讲到这里就忽然中断了。某种感情堵住了她的喉头。过了好一会儿，她才镇静下来，用一个哽咽的声音这样结束她的话："从此小冬的爸就没有了音信。我真没有想到，他跑了那么多的地方，当上了水手！"

王祥伯伯的遭遇，引起齐格鲁叔叔极大的同情。他轻轻地叹了一口气，似乎颇有些感慨。一种不知名的冲动使他的喉咙也痒起来。他觉得他的遭遇有许多地方和王祥伯伯很相似。

"我也没有想到我的一家也搬到亚丁港来了！"他说，"并且还和你们交上了朋友。我本来也有一个时期种过田；你们说奇怪不奇怪？要讲起来也是一句话说不完的！"

"那么就多说几句吧！"小冬天真地说。他也变得好奇起来，因为他从来没有听说齐格鲁叔叔也种过田，他总还以为他过去只是一个山区的牧人。

"那么赶快讲给我们听听吧！"翠莲也好奇起来，"时间已经不早了！"

"是的，时间不早了！"王祥伯伯说，"所以你们得去睡觉！明天还得起来工作哩！"

事实上，他也愿意听听有关齐格鲁叔叔过去的生活，不过他的老伴现在沉默得有点怕人。他知道她刚才讲的那段话，在她心的深处引起了许多难过的回忆。他希望她早点去休息。所以他把她扶起，挽着她最先走下了土坪。

小冬和翠莲的确有点失望。不，连小豹和左菲娅蒂也似乎有点失望，因为他们也从来没有听到爸爸讲起自己过去的事情。好心肠的齐格鲁叔叔拍了拍小冬的肩，用一个柔和的声音说：

"好好地去睡吧，明晚我一定讲给你听！"

第五个夜晚

齐格鲁叔叔把在座的人望了一眼。他不仅发现大家都到场了，他还发现在月光底下大家的面孔是非常严肃的，特别是小冬——他似乎是在屏住呼吸，静待齐格鲁叔叔开始讲他的故事。于是齐格鲁叔叔深深地抽了一口烟，然后咳嗽了一声，这样，他那本来就有点沙哑的喉咙可能会变得响亮一点。这种准备工作做好了以后，他就开始了。

"我们那个地方和你们中国不同，没有什么田主人，"他开始说，"因为我们那里没有多少种田人。"

齐格鲁叔叔说完这个开场白，就抬起头偷偷地向对面坐着的王祥伯伯的脸上瞧了一下。他以为他的话很惊人，一定会吸引住王祥伯伯的注意。但是这位中国老人仍然在不慌不忙地抽着烟管，脸上一点表情也没有。倒是小冬似乎有点迷惑起来。他睁着一对大眼睛望着他出神。

"为什么不讲下去呢？"他说，"你昨晚不是说过，你的遭遇有些和爸爸相像吗？"

"相像，是的，问题就在这里！"齐格鲁叔权故作惊奇地说，"问题就在这里！是的，我曾经也是一个种田人！"

他这个人不开口则已，一开口就有点收不住了。在这一点上，他和他的老伴差不多——也许这就是为什么他们成为老伴的缘故吧。他一口气就把他怎样成为一个种田人以及后来他又怎样放弃了种田的故事，像一个说书人似的，原原本本都和盘托出来了。他的字句用得很多，戏剧性也相当强，但故事本身也并不太复杂。

他的老家所在的那块地方是被意大利殖民主义者占领着的，人们把这块地方叫作"意属索马里兰"。这块地方很不坏，只是水不太多。他的父亲像大多数的索马里人一样，原是一个牧人。他一共有二十来头羊，照一般的情况说来，只要省吃俭用，这一群牲口也够维持一家人的生活了。可是他们一家人的生活偏偏维持不下去。意大利殖民主义者想出了一些奇怪的办法，把他们身上的油水慢慢地都抽得干干净净。譬如，他们把食盐和火柴这类日用品的买卖都统制住了。索马里人想要贩卖就必须到他们那里去批发，而价钱却是贵得出奇！同样，索马里牧人的牲口或牲口的皮毛只能卖给意大利人开的收购机关，而价钱却又是那样便宜！

"我那时还是一个年轻的小伙子，跟着爸爸在山里放羊，"齐格鲁叔叔解释着说，"我什么也不懂，一点也看不出这种统制里有什么花样，连爸爸也看不出来。不过我们的生活却一天比一天变得困难起来了。有时爸爸赶两头羊到集上去卖，换回来的粮食不到半个月就吃光了。看样子，这倒很像有一个魔鬼在和我们开玩笑。要想保留住牲口不卖，我们就得少吃东西。但是饭吃少了，我们就没有气力，牲口也放不动了。我的哥哥——他是一个饭量很大的人——常常感到头脑发昏，走起路来连步子都拖不动。有一天他忽然倒下来了。爸爸相信一定有一个魔鬼在和我们捣蛋，所以他就找巫师来驱鬼。巫师来做一次法事，我们就得献出一头羊。我们的牲口本来就不多，这样一来，最后连我们的那两头种羊也保不住了。哥哥的病还没有好，马上爸爸又病起来——他是心里急病了的，但他不相信，他以为这是魔鬼怪他不该去请巫师，特地要在他身上报仇。"

"但最糟糕的还不是这！"齐格鲁妈妈忽然冒出这句话来，"最糟糕的事情是——"

"请你让我说完吧，妈妈！"齐格鲁叔叔不耐烦地说，"我知道你喜欢讲话，但是你总得让人家讲完了再开口呀！"

齐格鲁叔叔为了怕老伴抢了先，马上就讲起那件"最糟糕的事情"来："事情是这样的：意大利人控制了索马里人的生活还不够，他们又想出了一个怪花样来控制索马里人的行动。他们把一个偌大的索马里兰割裂成许多小块块。住在这块地方的人，不能随便移居到另一块地方去。这样一隔离，索马里人就不能彼此往来，交换消息了。大家住在一个国家里，但事实上都像外国人。"

"但最糟糕的还不是这——"齐格鲁叔叔讲了一大通话，这时才算回到正题上来，"索马里兰本来就缺水。牧人固定待在一个地区，不能随便流动，便更感到缺水。有水草的地方就成为争夺的对象。为了逃避意大利人的注意，牧人常常在黄昏时候偷偷地跑到有水草的地方，好让牲口能够饱吃一顿。就在这个时候，不同部落的牧人常常在一个地方争夺同样的东西。大家都想把自己的牲口喂饱，但水草只有那么多。在这种情形下，就是老朋友也要变成仇人了。为了争夺一块地方，大家常常从夜里一直殴斗到天亮。我的爸爸有一天晚上也和另外一个部落的牧人打起来。他本来身体就有病，哪里还经得起打架？结果自然是非常不幸。我们把他抬回家里来不到两天他就死了！"

讲到这里，齐格鲁叔叔忽然停下来。大家保持着极度的沉寂。只有他的呼喘声在空气中膨胀着。他似乎在想象中已经回到了那天的殴斗中去。

"你们为什么不去控告他们呢？"小冬天真地问——只有他没有意识到这时空气的紧张。

"控告他们！"齐格鲁叔叔气冲冲地说，"你爸爸控告田主人有什么用没有？我们那里的法官都是意大利人。打一次官司就得花三四头羊。这还不要紧，官司打完后，他们还要说我们是野蛮民族，只知道打架。他们还要教训我们一通，这也就是说，打官司的人，双方都得挨几十鞭子！"

"要是这样，那倒还不如自认倒霉的好！"王祥伯母说。

"一句话，养牲口成了一条末路。所以我们就决计不再放羊了。"齐格鲁叔叔继续说，"哥哥和我就在埋葬爸爸的那块地方附近开了几亩荒地，打算种点庄稼。只要有东西吃，一家人不再东跑西跑，不再为了水草打架，也就得了……"

"但最糟糕的事还不是这——"齐格鲁妈妈一时嘴痒，又冒出了这一句话。

"得了！得了！你又插嘴了！最糟糕的事情不是刚刚讲完了吗？"齐格鲁叔叔不耐烦地说。

"还没有讲完！还没有讲完！"齐格鲁妈妈抢着说，"不久，意大利就打起仗来了——你把这件事给漏掉了！"

"我没有漏掉，我马上就要讲这件事，是你插嘴把我的话打断的！"齐格鲁叔叔抗议着说。为了证明他没有漏掉这件事，他立刻就接着讲："本来那是他们打的仗，和我们无关，但是他们却硬要把我们拉进去。[1] 他们在一天夜里把我的哥哥强迫拉走了。他们把他编在土人部队里，作为一个步兵。我的哥哥一开到埃塞俄比亚的奥格顿地区[2]，马上就觉得事情不妙。那里的老百姓厉害得很，把意大利人打得东倒西歪。所以意大利人要我们去打头阵。我的哥哥一上阵就看到苗头不对。对面的老百姓原来和我们是一模一样的人，讲同样的话，生活也差不多。上次我们为了争一点水草就吃了大亏——这都是意大利人搞的鬼！这次我的哥哥可不愿意再上当了。他不愿意为意大利人再去打自己人，所以他当场丢了枪，掉转身就逃……"

齐格鲁叔叔又忽然停住了。他把他的喉咙捏了两把，似乎有件什么东西在那里堵住了。但是当他看见大家正在聚精会神等他讲完他的故事的时候，他就使劲地咳嗽了一声，把他的嗓子疏通了一下，继续说："意大利人当然不会放松他。他们对准

---

1. 墨索里尼于一九三五年从"意属索马里兰"全面进攻埃塞俄比亚，于一九三六年占领埃塞俄比亚，宣布它为意大利的殖民地。
2. 这里的居民也全都是索马里人。

他后背放了一排枪。不用说，他当场就倒下来了——我们再也没有见到他！他们还通知头人说我是同谋犯，要把我们一家关起来，送到前方去做苦工。我们一听到这个消息，就连夜离开了老家，向边境地区逃跑。在英国占领的那块索马里兰的附近我们遇见了一个骆驼队，正在运货物到亚丁港来。他们有两个同伴在路上病倒了，需要人赶骆驼，也需要人做饭。我们当然愿意帮他们的忙，所以他们就把我们一家子带到亚丁港来了。"

"到了亚丁港没有多久就又遇见了您！"齐格鲁妈妈不知怎的这时又冒出了一句话。她是对着王祥伯伯说的。

"你又来了，妈妈！"齐格鲁叔叔不耐烦地说，"你的嘴老是闲不住！好，我现在不讲了，你讲吧！"

齐格鲁叔叔显然是有点生气了。

"你要我讲，我偏不讲！"齐格鲁妈妈说——她也有点不服气起来，"我的话要留到下一次讲，你放心，我会比你讲得好！"

"你们这对老夫妻就像两个孩子一样！"一贯沉静的王祥伯母说，接着她就把头掉向齐格鲁妈妈，发出一个微笑："明晚我倒要听听，看你到底讲得怎样好法！"

这句话在土坪上引起一阵笑声，月亮已经到了中天，时间不早了。

第六个夜晚

这天晚上，海上吹起了一点凉风。大家坐在土坪上，不慌不忙地品着茶，倒是蛮舒服的。所以大家虽然劳累了一天，在精神上一点也不觉得困，特别是齐格鲁妈妈。她的劲头十足，因为她要接着讲齐格鲁叔叔昨天晚上没有讲完的故事。她环顾了一下，看见大家都在默默不语地等着她，她就直截了当地开始了。

"我们和赶骆驼的商人一齐到了亚丁港，"她说，"他们真是不折不扣的商人，只认得钱，没有一点感情。他们把货物卖完以后，不再需要我们，就毫不客气地把我们扔掉。我们从来没有在城市里住过。我们一点也不知道，在城市里没有钱，真是寸步难行。我那时怀着左菲娅蒂已经有五个月了，即使有钱都行走不动，何况还没有钱呢？……"

"妈妈，我看你还是不要把话头扯得太远了吧！"齐格鲁叔叔打断她的话说，"没有钱就得了，为什么要扯到怀妊的事情上去呢？"

"我正要怪你，你倒还好意思讲出这样的话来！"齐格鲁妈妈责备着丈夫说，"就是因为你的耳朵软，你才相信了赶骆驼的商人，跟他们一道跑到亚丁港来。不然的话，我们只要偷过了边境，摆脱了意大利人的追捕，在哪里都可以安身。我们在山上找野菜吃也可以活下去。但是在亚丁港这个地方，你这个乡下人能找到什么工作干？这里没有饭吃的人多的是。一位在街上散步的绅士，甩下一根烟头，至少有七八个人来抢。你能够抢得到吗？你是一个乡巴佬，在这里一点办法也没有。眼看咱们就要饿死……"

"我并不是没有想办法呀！"齐格鲁叔叔不服气地又打断她的话说，"我到码头上去找零活干，我身上还有气力可卖！"

"什么气力！亏你还说得出口！"齐格鲁妈妈做出一个冷笑说，"你的那点气力，饿了几天以后，已经是像风吹散了的烟，连影子都没有了！你没有瞧你当时的那副样儿，简直像一个饿鬼！"

"虽然像一个饿鬼，但我还是想尽了一切办法去找点工作呀，"齐格鲁叔叔抗议说，"我总算对得起你吧，妈妈？"

"是的，你到码头上去找零活干过！"齐格鲁妈妈的声音变得温和了一点，"我很感谢你，你怕我饿坏了！但是你没有用脑筋想过——你就是一个不大用脑筋的人！你想你会在码头上找到工作吗？人家有了帮口，你硬挤进去成吗？人家抢着替旅客拿行李，你也抢着替旅客拿行李，但是你一把行李背到肩上，人家的拳头就落到你的头上来了……"

"而且落得像雨点一样多！"齐格鲁叔叔连忙接着说，"我的脑袋当时就打起旋来。那件行李压在我肩上就像一个千斤重的担子。我似乎是要倒下来。最后那件行李还是从我的肩上翻下来了。有人在我的腰坎上捅了一脚，我晃了一下就倒下来了。我觉得有人在我的小肚上又踢了一下，并且还骂了一句：'狗东西，乱抢人家的饭碗！'这以后我就什么也不知道了。"

这段话给土坪上乘凉的人带来一阵沉寂。连平素不大轻易住口的齐格鲁妈妈也不讲话了。大家沉浸在一种紧张而难过的气氛里。只有王祥伯伯忽然咳嗽了一声，打破了这种沉寂，因为他为了要镇定自己的神经，使劲地抽了几口烟，无意中把喉咙呛住了。但大家错误地以为他想发表意见。

"我们就是在那个时候认识的。"王祥伯伯果然开口了，接着他就把脸掉向齐格鲁叔叔说，"我那时正在码头附近经过。我亲眼看见你挨打，我亲眼看见你倒下来。不一会儿，人们就把你拖出来，像一堆垃圾似的扔到一边，因为他们都要忙着抢旅客的生意。这时我才能走到你身边来。我一看见你那双大手就知道你也是一个勤苦的下力人。不知怎的，我当时就觉得好像你是我的一个老朋友，好像和你认识了许多年。所以我就把你背到我的旅馆里来，放在一张绳床上躺着。我守在你旁边，你一翻身我就喂一口开水给你吃，在你的太阳穴上隔一点钟就擦一次万金油。到半夜的时候，你终于醒转来了。"

"我睁开眼睛，看见你那副善良和关心的样子，真像你们中国人说的那样，一见如故，"齐格鲁叔叔兴奋地接着说，"我觉得你像一个亲人。我们一夜就成了好朋友。你不让我走，你要我留在旅馆里休息。过了四天以后，我可以离开床慢慢地走动了。但是你不让我出去，你怕我在街上找不到饭吃，你怕我又受人家的欺侮。你要把我留下来，在你的店里工作……"

"你们还把我接过来，叫我和你们住在一起！"齐格鲁妈妈补充着说，"王祥伯伯，你真是我们的救命恩人！"

"快不要说那样的话！"王祥伯伯连忙解释着说，"旅馆的事情忙，路过的海员多，他们在这里歇脚的时候，总要添点随身用的零星东西。为了他们的方便，我那时又开了一个小小的杂货店，专门从广州和香港贩来一些日用品和中国药品。这些东西便宜，而且又实用，不但路过的中国海员喜欢买，后来连本地的索马里人也经常来买。所以杂货店的事情也忙起来。我照顾不过来，正需要找个人帮忙。我一看齐格鲁叔叔就知道他是个诚实人。我希望他能和我在一起住下来，在杂货店里帮帮忙。他这个人的确可靠，住在店里就像住在自己的家里一样……"于是他又把脸掉向齐格鲁妈妈，继续说："你也是一样！你在店里也没有闲过，你经常为路过的中国海员洗衣服，给他们不知多少方便……"

"给别人方便也就是给自己方便：我们的生活从此就安定下

来了……"齐格鲁妈妈说，而且还发出了一个笑声，"不久我们的左菲娅蒂就出世了！"

"你看她现在长得多漂亮！"王祥伯母用羡慕的口吻说。

"因为她长得那样漂亮，所以我才又想起了家。"王祥伯伯说，不禁也笑了起来，"幸亏有你们来帮忙，我可以抽身又回到老家去一次……"

"亏你好意思说得出口！"王祥伯母打断丈夫的话说，"你在一九一六年离开家以后，一共只回家去过一次。那是一九二七年大革命以后，你回来并不是看我，是来看那两个孩子。你听说他们已经跟着革命军走了，你马上又离开了家。你怕国民党来抓你，你把我一个人留在家里，后来看见别人生了漂亮的女儿才又想起了我来！"

"我一直在想你呀！不过回乡生活既不可能，在这儿又没有打下生活的基础，那叫我又有什么办法呢？"王祥伯伯辩解着说，"你看，我在这里的工作一有了基础就马上把你接来了。这十多年来我没有离开过你一天。翠莲和小冬不就是在这里生的吗？"

最后的这两句话引起了一阵笑声。

"后来我们也生了小豹！"齐格鲁妈妈一时高兴，也不禁自我表扬一番。接着不知怎的，她又叹了一口气，说："小冬和小豹是在同一年生的。他们在一起玩，一起长大，现在又在一起工作，简直可说是像一对亲兄弟。左菲娅蒂和翠莲也是一样。她们两人像一对姊妹。王祥伯伯，你看，我们就像一家人，为什么现在你们忽然要离开，回到那样远的中国去呢？"

王祥伯伯和王祥伯母都没有作声，他们的确不愿意和齐格鲁一家分开，但事实上又不得不分开。

"这个问题我们要讲清楚，不过今天不成，孩子们要睡了，"王祥伯伯说，"明天再说吧！"

这天晚上本来应该是由齐格鲁妈妈来作"独白"的，没有想到事态的发展使她的独白变成了两家老人的对话。不过她并不生气。这种倾谈使两家的感情更加亲密起来，使两家更进一步地彼此了解。

第七个夜晚

王祥伯伯本来打算一坐下就讲话的，但是看见齐格鲁一家那种愁眉苦脸的样子，他不知怎样开口才好。连小冬和翠莲的样子都似乎很难过，好像今晚他们就要和齐格鲁一家告别似的。王祥伯伯犹豫起来。倒是性子急的齐格鲁妈妈等得不耐烦，先开口了。她说她昨晚听了王祥伯伯的话后，整夜没有合过眼睛。她说她不相信王祥伯伯会真的就要回到中国去；但是她又没有什么办法证明他不回去，因此她这一天整天心事重重，坐立不安，好容易才等到晚上，现在她必须把这件事情弄清楚。

"王祥伯伯，我想你没有什么理由一定非离开这里不可，"她着重地说，"你在这里是一个有名望的人，这里的索马里人都知道你。他们都喜欢你。凡是在这里路过的东方水手，也没哪个不知道你的。他们需要你帮忙。且不说我们两家的事情，单是为了他们，你能舍得离开吗？"

"我舍不得离开他们！"王祥伯伯用一个肯定的声音说，

"也舍不得离开你们！"

"这就得了！"齐格鲁叔叔忽然高兴地叫起来，"我想你是舍不得离开这里的。从今天起，请你别再说离开的话吧！你一提到这件事，我们就睡不着！"

这段话在土坪上引起了一阵轻微的骚动。不仅左菲娅蒂和小豹变得紧张起来，就是翠莲和小冬也显得非常激动。他们是在同一个地方出生的，在同一个地方长大的。他们自然也不愿意分开。但是王祥伯伯却保持着沉重的缄默。他在想心事，他不知道用怎样的方式才能把他的心事恰如其分地表达出来，让他们能够理解。

"我将怎样讲呢？"他用一个犹疑的口气说，"我是一个中国人。中国，像你们的索马里兰一样，也是一个非常美丽的国家。那里的劳动者——种田人、手艺人和工人——跟你们一样，也都是诚实、勇敢和可爱的。我就是在他们中间长大的，我忘记不了他们。我和他们在一起受过苦，我想念他们。现在他们翻了身，我更想念他们。我巴不得马上就回到他们中间去！一想起这件事，我也急得睡不着觉！"

"是的，这些时他常常睡不着，有时眼睛一夜睁到天明！"王祥伯母代他解释着说，"因为我们的孩子一连寄来了好几封信，信上说……"

齐格鲁妈妈没有等待王祥伯母把话讲完，就马上活跃起来了。她像一个好奇的孩子听到了一件巨大的秘密似的，打断了王祥伯母的话，大惊小怪地问："你们的孩子来信了？你看，你们多深沉！这样重要的消息你们一直不告诉我们，你们不是说过他们早已失踪了吗？"

"是的，他们曾经失踪了，一点也不假。"王祥伯母解释着说，"那是一九二七年大革命以后的事情。那时革命队伍就驻扎在我们乡里。他们可真好啦！他们领导着种田人打地主，除恶霸，乡下从来没有过那样太平和高兴的日子。谁也不敢欺侮他们。他们的头也抬得高了。我们的两个孩子，欢天喜地，像过年似的，一有空就去找革命队伍里的叔叔们玩。那真像是换了一个朝代。一切气象都是新的。我一连写了好几封信给孩子的爸爸，把乡下的情形告诉他。他也非常高兴。不久他就赶回家来了。不过已经晚了，国民党反动派已经开始了疯狂的进攻。革命工作人员不得不暂时撤退。我们的那两个孩子坚决要跟他们一道走。连革命工作人员也劝阻不住他们。最后他们还是跟革命队伍一起走了……"

说到这里，王祥伯母顿了一下，因为她发现翠莲和小冬的两对眼睛在月光底下发出了炯炯的闪光。这段关于他们两个哥哥的叙述，很明显，引起了他们的兴奋和惊奇，也使得他们感到骄傲。

"事实证明他们走得对！"王祥伯母继续说，"国民党反动派真像魔王下世，见人就杀，连对小孩子都不留情，如果他们没有走，他们准会死在国民党的刀下的。连我这样一个妇女也得逃到山里去避一些时。从那时起，我就再没有听到这两个孩子的消息了。我想，今生我大概不会再有机会和他们见面了。"

"我也没有想到会再见到他们！"王祥伯伯接下去说，"但是现在他们都回来了。他们去年和解放军一道回来了。解放军把我们的家乡从国民党反动派、地主和他们的狗腿子手中解放出来了。他们兄弟俩是解放军里面的政治工作人员，他们帮助同乡们站起来，翻身了——这次可是彻底翻身了！我们的家乡，我们的国家，翻身了！"

王祥伯伯一口气说完这一段话，好像他是在朗诵一首诗似的；当然，他不是诗人，他甚至不知道什么叫作诗，但现在他内心里却充满了豪迈的诗情。他似乎觉得他又重新回复到他的少年时代，在故乡那些美丽如画的山水中劳动，唱歌。他恨不得能长出一双翅膀，立刻飞到他儿时的环境里去。

他的这种情绪是有感染性的。王祥伯母就立刻受到了感染。她也像朗诵一首诗似的，立刻背出儿子们的来信的一段（这些信她记得那么熟，她几乎每个字都背得出来）："爸爸妈妈，我们前不久回到我们村里去过一次。村里的父老把你们的情况都告诉了我们。你们的地址也是他们给我们的。你们像孤儿似的在海外漂流这多年，你们现在应该回来了！我们想念你们。我们也想念妹妹和弟弟——我们还没有见过面呢！你们回来吧！祖国新生了，祖国需要你们这样勤劳的人来建设新的生活！"

"我们也想念他们！"翠莲和小冬同时说，"什么时候我们可以见到他们呢？"

这对年轻人比什么人都感到兴奋。他们从来没有见到过祖国，但从爸爸和妈妈的叙述中，从哥哥的来信中，他们可以想象得到祖国是多么可爱。他们也恨不得能够长出翅膀，立刻飞回到祖国的怀抱中去。

从王祥伯伯这一家人所表露出的心情中，齐格鲁叔叔已经开始能够理解为什么他们这样急迫地要回到中国去。他同情他们，他也为他们而感到高兴。但在这种高兴中，他又为自己感到悲哀。他的故乡也是非常美丽的。他是在那里出生的，在那里长大的，他的父母也埋葬在那里。他什么时候能够回到那里去呢？他也常常在想念那块地方。但是那块地方却像一件商品

104

似的，从这个外国人手中转到那个外国人手中。[1] 在这些外国人的眼里，那儿的人民只是能劳动的动物，剥削的对象，谁也不考虑他们的愿望和感情。连自称"主持公道"的联合国都是如此。齐格鲁叔叔真是有家归不得！当然，王祥伯伯也曾考虑过他们的感情。他和齐格鲁一家在一起生活，一起工作这么久，他理解索马里人，他理解他们的愿望和感情。他已经开始失悔刚才不应该那么激动和兴奋，那么毫无保留地流露出自己快乐的心情。这自然会引起齐格鲁叔叔的感触——这也是他一直迟迟到最近才把他决定回国的事讲出来的原因。

两家各有各的心事，因此土坪上现在出现了前所未有的沉寂。还是天真的小豹最后打破了这种僵局。他说：

"王祥伯伯，你们走了，旅馆的工作怎么办呢？没有小冬，我一个人可干不了！"

这句天真直率的话，王祥伯伯听了觉得是那么滑稽而又可爱，他不禁发出了一个笑声。

"小宝贝，干不了也得干呀！"他说，"这个旅馆和杂货店现在是属于你爸爸的了——也是属于你的，你还得好好地干下去呢！"

"属于我的，这怎么成？"齐格鲁叔叔抗议说，"那是你辛辛苦苦办起来的事业呀！"

"也是你辛辛苦苦办起来的事业呀，"王祥伯伯说，"正因为这个缘故，所以你得继续办下去。只有你懂得这件工作的意义，只有你懂得那些路过的水手们的需要，只有你才会诚心诚

---

1. "意属索马里兰"在第二次世界大战中，于一九四一年被英国军队从意大利占领军手中夺走，由英国的军事政府统治。一九五〇年联合国又把这个地区转交给意大利"托管"。

意地为他们服务。你不能推卸这个责任!"

齐格鲁叔叔沉默了一会儿,他找不出任何理由来反驳王祥伯伯的决定。

"你总还能和我们住一些时吧!"齐格鲁妈妈这时又开口了,"在没有走以前,请你们再也不要提别离这两个字吧!我一听到这两个字就心跳!"

王祥伯伯又发出一个轻微的笑声。

"齐格鲁妈妈,恐怕我还得让你再心跳一次。"他说,"不瞒你们说,我已经订好了船票!明天船就要进港了。为了怕惊动你们,所以我一直没有告诉你们!"

"这样快?"左菲娅蒂惊奇地问。

"是的,这样快!"王祥伯伯说,"所以明天晚上我们就不能再坐在这里聊天了。"

这句话所产生的效果是王祥伯伯没有料到的。齐格鲁一家都一言不语,连天真的小豹也说不出一句话来。

最后一个夜晚

两家别离的时候终于到来了。事情真是巧得很,这个时刻恰好是两家在过去几天的生活中最感到愉快的时刻:夜晚。小冬照例和小豹一道把"旅馆"收拾得干干净净。收拾完毕以后,他们照例环顾一周,看是否还有点燃的烟头没有灭。他们一瞧见那些疲劳的水手们都已安然入睡,便一同回到杂货店里来。王祥伯伯和齐格鲁叔叔正面对面地坐在一个小桌旁,整理这一天的账目——这是他们两个老人长期在一起工作所养成的一个习惯，当天的事没有全部做完，他们是不去休息的。他们是那么聚精会神地在埋头工作，弄得站在旁边的小冬和小豹也感到有点不好意思起来。

"我们去看看两位妈妈在干些什么吧！"小冬说，"我们不要在这里打扰他们。"

于是他们转身就走出来，回到山半腰王祥伯伯的茅屋里。齐格鲁妈妈和左菲娅蒂也在这儿。王祥伯母正在厨房里做菜，其忙碌的程度并不亚于杂货店里的那两个老人。她要做几盘她最拿手的中国菜来款待齐格鲁这一家。两家一直在忙于工作和生活，从来没有机会痛痛快快地在一起喝几杯。她早就想在这方面贡献一点自己的力量，今晚可是有这个机会了。齐格鲁妈妈本来很难过，但在这种类似节日的气氛中，她也慢慢地变得兴奋起来了。她在帮忙摆设饭桌和酒杯，她不相信她将要和这一家人别离，她觉得好像是在准备一个盛大的宴会。只有左菲娅蒂在一个角落里帮助翠莲整理一个衣箱，她不时斜着眼看看自己的友伴，或抬头望望妈妈。当她一瞧见妈妈那种活泼的神情时，她那双湿润了的眼睛就干脆让眼泪流了出来。她不懂妈妈怎么会那样健忘，把王祥伯伯一家今晚要别离的事都置之脑后了。她委实舍不得离开他们——特别是翠莲，她们这几年来生活在一起，就像一对新姊妹一样。

"你们两个小鬼倒是安闲自在！"齐格鲁妈妈一瞥见小冬和小豹走进来就大声地叫嚷起来，兴奋得像一个初见世面的大姑娘，"快去把你们的爸爸喊来。菜已经做好了，香得很！王祥伯母真能干，我就没有这套本领！"

不一会儿，王祥伯伯和齐格鲁叔叔像一对亲兄弟似的同时走进来了。他们已经做完了这一天的工作，脸上很明显地露出一种满足的神情。但当他们在餐桌旁边坐下来的时候，他们却保持着一种严肃的沉默。在这种气氛中，两家的孩子也不讲话了。事实上，他们也没有话好讲，因为他们已经开始意识到他们很快就要分别了。要讲的话太多，但是既然一时讲不完，他们也就决定不讲了。只有齐格鲁妈妈仍然是兴奋地在忙于端菜。她每端一盘，就要说一声"喝酒呀！让菜冷了干什么呢？"于是向丈夫斜望一眼，补充着说："你就不是个好东西，你为什么不带头喝一杯呢？"

"妈妈，我喝不下去呀！"丈夫用一个辩解的声音说。

这时王祥伯伯才插进来，说："为什么喝不下去呢？这是半年前一位中国海员送给我的一瓶白酒——中国解放后的白酒，我特地为了这个机会把它保存下来。尝一口好不好？"

齐格鲁叔叔轻轻地摇了摇头。

"你们要走，我也忽然感到寂寞起来！"他用一个低沉的声音说，"我也忽然想起了老家，你说奇怪不奇怪？"于是他的声音变得更低，低得几乎听不见："我不知道我什么时候才能回到那里去——哪怕去看一次也好！"

"我也没有想到，我们一家最后仍然能回到老家去。"王祥伯伯说，"田主人和他们的狗腿子，国民党和美国佬，他们看起来是那么凶狠，但是最后还是被老百姓打垮了。老百姓最后还是站起来了。齐格鲁叔叔，索马里人是一个勤俭、有勇气的民族。我在你们中间生活了这多年，我深深地知道这一点。你们一定能够站起来，一定能够赶走外国人，一定会成为一个强国。那时你也是索马里兰的主人了，还怕不能回老家吗？好，我们为索马里兰的独立而干一杯吧！"

两个人同时一口气喝了满满的一大杯。这种强烈的白酒一溜下喉头，两个人的心情就不知不觉地变得欢快起来了。他们的话也多起来，餐桌的气氛也变得活跃起来了。齐格鲁妈妈本来就是很高兴的。在这种新的气氛感染之下，她的话也多起来。她瞥见墙角边放着的两个刚才由翠莲收拾好了的手提箱，大惊小怪地问王祥伯母：

"你们就只带这点行李怎么成？"

"这是老头儿的主张，"王祥伯母说，"他说只带点随身穿的衣服就够了！"

"对，有这些换洗的衣服就蛮够了！"王祥伯伯连忙解释着说，同时发出一个微笑，"我是一个光人到这里来的，所以现在我还是一个光人回到老家去！我们国家什么也不需要，只要人回去就得了！"

这几句话引起了齐格鲁叔叔的深思，也引起了他的高兴。

"你现在可不是一个光人回去啦！"他说，"你带回去了两个孩子，两个可爱的孩子！我羡慕他们。这样年纪轻轻的，一回去就是自己国家的主人！"

左菲娅蒂和小豹同时把翠莲和小冬望了一眼。他们直到此刻为止还不敢相信，和他们在一起长大的这两个中国友伴真的就要回到遥远的祖国去了。不是吗？刚才小冬还照常在"旅馆"里工作，王祥伯伯还在杂货店里结当天的账目，和平时一点也没有两样。这怎么能叫人相信他们马上就要离去呢？但是爸爸现在说的话是那么肯定，那么充满了别离的情感，他们又不得不相信即将到来的别离，因为船已经在上午就进港了，半夜过后就得启碇向东方开行。他们开始感到难过起来。他们用一个抑郁的声音同时向小冬和翠莲问：

"我们以后还能有机会见面吗？"

"怎么没有机会见面呢？"翠莲和小冬齐声说——从他们肯定的声音中，可以看出他们已经感觉到自己是新中国的主人了，"我们见面的机会多着呢！"

"是的，你们还年轻，见面的机会多得很！"王祥伯伯补充着说，"现在我们可以看得很清楚，世界是属于你们的！"

"我们怎么样才能再相会呢？"左菲娅蒂又问。

"我们可以接你们到中国去玩一趟呀！"小冬像一个大人似的回答说，"我们回到家里以后就写信来接你们去！"

"我也去吗？"齐格鲁妈妈生怕漏掉了自己，连忙提出这个问题。

"你怎么会能例外呢？"王祥伯母微笑地说，"你将是我们家里最尊贵的客人！"

当餐桌间的空气再度变得活跃起来的时候，出乎大家意料，齐格鲁妈妈忽然放声大哭起来。她的眼泪像雨点似的直往下滴。她哭得那么厉害，她甚至还有点抽噎起来。

"妈妈，你是怎么搞的，刚才你还很高兴，现在怎的反而哭起来了，你未免有点太煞风景了！"齐格鲁叔叔不以为然地说。

"你懂得什么？"齐格鲁妈妈一面揩眼泪，一面责备着丈夫说，"我太高兴了，高兴得只好哭出来。你想想，到中国去，到新的中国去，我一生连做梦也没有想到过这样大的幸福，难道你不愿意去看看吗？"

这段话把齐格鲁叔叔说得哑口无言。他只好举起杯来，请大家再干一杯酒。

"这样才好啦！我就是怕大家愁眉苦脸地离开。孩子们，快吃吧，时间不早了！"王祥伯母提醒大家说，接着她把脸掉向齐格鲁妈妈（她已经揩干了眼泪，开始微笑起来）继续说："这一些碗盘恐怕得留给你洗了，不见怪吧？"

齐格鲁妈妈的微笑爆发成为一个响亮的笑声。这个笑声在夜空中震荡，好像一个盛大的节日真的已经到临。

半个钟头以后，两家步出了他们在这里住过了许多岁月的茅屋，孩子们走在前面，老人走在后面，但他们不是像往常一样，走向山半腰的土坪，而是沿着一个斜坡，走向船码头所在的海边：一家是送行，一家是回到新生的祖国。

鞋匠的儿子

一

一百五十多年以前，在一个春天的日子里，有一个男孩子在丹麦奥登塞镇的一个矮小的平房里出生了。他不是生在床上，而是生在一个搁棺材的木架里。这木架本来是一个贵族出殡后扔掉的废物。据当时的迷信，它是一件不吉利的东西，因此谁也不要它。那时镇上恰巧有一个二十来岁的鞋匠要结婚。他平时只睡一条板凳，现在需要有一张床。但是他穷得连饭都吃不饱，哪还买得起床！所以他只好把这个不吉利的东西捡进来，铺上几块板子，当做一张新婚的卧榻。

他的妻子比他大十四岁，是一个很迷信的女人。新婚的那天，她一看到这东西就皱起眉头，心里感到非常沉重。她想，在这上面生下来的孩子，将来一定会受苦受穷。但是有什么办法呢？她的丈夫是一个和善的鞋匠。她爱他，她爱他的温柔和善良。她不能为一张床就和他闹别扭。

"好吧，就这样吧。"她在睡觉的时候说。丈夫脸上露出抱歉的神情，觉得很对不起她。她偷偷地看了他一眼。叹了一口气，安慰他说："这是一张舒服的床。我一生没有睡过这样舒服的东西！"

这话当然也不会是为了安慰他而说的。她从前讨饭的时候，常常在桥底下宿夜。这张床无论如何比硬石板要强得多。

但是当她的孩子生下来的时候，她的心比结婚那天还要沉重。她觉得对不起她的孩子，让他在一个不吉利的棺材架上来到这个人间世界。这是一八〇五年四月二日。这个孩子名叫汉斯·安徒生。

这对夫妇只生了这个孩子，所以他们非常疼爱他。母亲因为心中老觉得对不起他，所以在她的经济条件许可之下，她总是尽量使小安徒生生活得快乐些。她情愿自己少吃饭，节省一点钱下来给他做些新衣服。她要使小安徒生穿得干净整齐，免得受人奚落和瞧不起。她自己小时候因为是一个穷苦的女孩，穿得褴褛不堪，就常常被人讥笑。她的孩子决不能这样。她要保护他，叫他成为一个被人瞧得起的人。

当然，这是她的幻想。衣服穿得干净整齐可能会引起人的尊敬，但不一定是如此，何况小安徒生穿的那身衣服，大部分都是旧衣改做的，并没有什么出色的地方。奥登塞虽然是小小富恩岛上的一个落后的市镇，但贵族和地主却住得不少。他们把人截然分成两个不同的阶层。安徒生一家是属于所谓"下层社会"的人。"上流社会"的人是不应该跟他们来往的，因此他们也警告他们的孩子不要跟安徒生在一起玩。他们觉得让自己的孩子跟安徒生混在一起是降低身份。

"那是一个下流人的儿子，"这些人看到安徒生走过的时候，常常指着他的背影这样说，"你看他的妈妈，穷得连饭都没有吃，还要喝酒。真不要脸！"

原来安徒生的妈妈每天在奥登塞河里替人洗衣服——这是她生活的唯一来源。她每天在水里要站很长的时间，不得休息。河水非常冷。当她劳动得支持不住、全身打起寒战来的时候，她就赶快喝几滴酒来增加她身体的热力。几滴酒究竟比一餐饭便宜，而且喝的时候也不浪费时间，不需停下工作。可是"上流社会"的人却不原谅她，硬说她是一个不知羞耻的"废物"[1]。

安徒生的父亲对于这样的事情感到很难过。小孩子是无罪的，为什么他们都不叫自己的孩子跟汉斯一道玩呢？别人越瞧不起汉斯，他就越觉得自己的儿子可爱。

"汉斯，"他说，"他们不理你，我来陪你玩吧！"

这时候安徒生已经有七八岁，开始懂得许多事情了。照理他应该进学校，但是学校是为有钱人开的，他没有资格进去。因此他更感到孤独。他的父亲虽然是一个鞋匠，但是闲着的时候多，做活的时候少。那时丹麦是法国的一个仆从国家。法国新起的资产阶级，以他们的将军拿破仑为首，在各处打仗，抢夺市场和领土。丹麦的统治阶级跟着拿破仑打仗，耗费了许多金钱和人力，结果弄得国库空虚，大多数的人民都穷困。当人们连饭都不够吃的时候，哪还有钱去做鞋子呢？所以父亲经常是处于失业的状态中。天真的安徒生是不懂得失业的苦痛的，他倒觉得这是一桩很幸运的事情，因为这样父亲就可以有工夫陪着他玩了。

小小的安徒生在外面受人欺侮，在家里却可得到温暖。他

---

1. 请参看安徒生的童话《她是一个废物》。

的家只有一个小房间。一张做鞋用的工作凳、一张棺材架改装的床和安徒生晚间用来睡觉的另一张凳子，已经把这个小小的空间塞得满满的了。不过墙上却挂了许多图画和作为装饰品的磁盆；橱窗柜上也摆着不少的玩具。工作凳旁有一个书架，架上有些书籍和歌谱。在烧饭的地方，碗柜上还摆着一排富有装饰性的盘子。门玻璃上则画着一幅风景画。在孤独的安徒生看来，这幅画比得上整个的画廊！

小安徒生就生活在这个画廊里。他的父亲为了要解除他的寂寞，常常对他讲些《一千零一夜》上的古代阿拉伯的传说故事。丹麦是一个没有山的国家，经常有狂风从海上扫过来。当他听到这萧萧的风声的时候，当他望着窗外茫茫大海的时候，他就幻想他来到了风沙满地的、荒凉的阿拉伯沙漠，回到古代阿拉伯传说中的那个世界里去。

他的父亲有时为了换换胃口，特别把丹麦的名喜剧家荷尔堡[1]的剧本念给他听。在他们的书架上还有一套莎士比亚戏剧集的丹麦文译本。他的父亲有时也把这些书抽出一本来朗诵几段。这些剧本里的故事跟现实的生活比较接近，同时也更丰富多彩。小小的安徒生有时幻想他是一个导演家：他要把他所听到的这些生动的故事，具体地通过人物表演出来。但是他没有演员。恰好橱窗柜上有他父亲雕的几个作为装饰品的木偶。这时他便想出了一个办法：他把这些木偶打扮成为剧中人物，用他们来表演这些剧中的故事。

安徒生对于这种游戏渐渐发生了浓厚的兴趣。他把家里的

---

1. 全名是路德维格·荷尔堡（1684—1754），丹麦的名作家和诗人。一般都认为他是丹麦文学的奠基者。

一些旧布片收集起来，用他一双灵巧的小手缝出各种不同的服装。他的木偶穿上这些衣服，就成为代表各种不同身份和职业的剧中人了。这样，安徒生就有了一个完整的班子。他们有的是没有饭吃的穷人，有的是欺压老百姓的富人和贵族，有的是像他这样没有人理的孩子。他慢慢从表演剧中人发展到表演现实生活，他开始根据他自己的生活经验，编起木偶戏来。

这是他自己创造出来的一个新的世界。在这个世界里，他暂时忘记了寂寞。

为了要扩大他的精神世界，安徒生就不愿意再成天老待在那间小屋子里了。他要跑到街上来看看人——生意人、手艺人、店员、乞丐、坐在四轮马车里横冲直撞的贵族和大地主、伪善的市长和牧师。他要研究这些人的生活和习惯、快乐和悲哀。虽然他的年纪很小，但是他已经有很锐敏的观察力。他发现他们的生活并不一样，他们之间的区别也很大：有的人装腔作势，挥霍无度；有的人一天到晚劳动还吃不到一顿饱饭。

小小的安徒生当然对于这种不合理的现象找不出一个答案。正因为如此，他就觉得这个小城市里的生活阴暗和没有乐趣。这种阴暗的感觉，更因他祖母的经常来访而加深。他的祖母是一个穷苦的老太婆，住在城外。她非常疼爱安徒生，经常来看他，每次来的时候总要带点礼物给他，像糖猪、锡兵和陀螺这类的小玩意儿。但是她每次来的时候，安徒生总觉得她老了许多，头发也脱落了不少。后来他才知道，她是靠养几只鸡下蛋过日子；因为收入太少，她不得不常常在外面讨饭。这些礼物就是她用卖鸡蛋积下来的零钱买的。但是祖母从来不说自己讨饭，而且有时还要表示她的生活过得很好，为的是要使安徒生觉得有这样一个好祖母而感到骄傲。事实上安徒生多少也知道

116

一点实际的情形，不过不敢说出来罢了，因为他怕叫祖母觉得不好意思。这一方面使他感到难过，一方面也使他更爱她。她每次离开的时候，安徒生总要送她好长一段路程。

有一天黄昏的时候，安徒生送祖母回来，在奥登塞河边看见母亲正站在水里洗衣服。水流得很急，几乎要把她冲走。她整天没有吃饭，全身发软，似乎要倒下来的样子。当她抬头看见自己的儿子的时候，她就走出水来，伸开双臂把安徒生搂在怀里。

"孩子，我一天没有看见你！"她说，"你简直像一个没有娘的孤儿！"

"妈妈，"安徒生捧着母亲的脸说，"我们为什么要这样苦？你看市长先生和牧师成天没有事做，吃的穿的比谁都好。"

"一切都是上帝安排好的，孩子，"妈妈叹了一口气说，"天黑了，我们来做祷告吧。上帝会照顾我们的。"

于是她合着手，跪下来做晚祷。安徒生看见母亲这副虔诚的样子，也不知不觉地在她身旁跪下来。她从小就没有过过好日子。她不是挨打，就是挨骂。因此她想世界上大概没有什么人会帮助她了。在她没有出路的时候，她就迷信起上帝来。她以为上帝真像牧师说的那样，是一个仁慈博爱的人，总有一天会来拯救她，叫她过幸福的生活。她的这种想法，在安徒生的幼小心灵中留下一个很深刻的印象。

当然这种想法是靠不住的。安徒生一家人的生活，不仅没有因为信上帝而得到改善，相反地却是一天不如一天。国外的战争越打越厉害，政府耗费的钱财也更多。这笔钱当然是要出在老百姓身上。贵族和大地主所组成的政府就加紧对人民进行剥削。小商人和手艺人都破产了，很多老百姓都在饿饭。安徒生的父亲完全没有活做，光靠妈妈一个人洗衣来维持一家的生活是不可能的。

这个可怜的鞋匠穷得没有办法，忽然异想天开，想去"碰碰运气"。他想到拿破仑的军队中去当一个雇佣兵，因为当兵可以领到一点固定的薪水。这无论如何总比在家挨饿要好得多。他同时还幻想，假如他真的碰上了运气，也许他能当上一个小小的军官。那时他回到家乡来不但可以领到俸金，还可以有点社会地位。人们将再也不敢瞧不起他们了。他越想越美，就决定要去了。一天晚上，他把这决定告诉妻子。

"你能担保你会碰上好运吗？"妻子半信半疑地问。

"上帝会帮助我们的呀。你不是天天在祈祷上帝吗？"

第二天大清早，安徒生的父亲就背着一卷行李，悄悄地走了。他们再见到他，正是军队在开拔的时候。那时战鼓隆隆地响着。父亲拖着无力的步子，跟别的兵士一道，正开往前线。妈妈呆呆地站在门口，好一会儿说不出话来。最后她忽然放声大哭，接着就倒下来了。

上帝始终没有帮助他们。两年以后，父亲回来了。他并没有当上什么军官。相反地，他的身体倒弄垮了。他比从前显得更消瘦。他的脸上露出死一样的灰白色，好像他已经染上了肺病似的。虽然他仍然活着，他却失去了工作的能力，生活更没有出路。再过了两年，他就在穷困中死去了。这时安徒生才十一岁。

久病的父亲去世以后，并没有减轻母亲的担子。她的身体也累坏了。因为常年站在水里，她还得了风湿病。她的工作力已经大大地减低了。要生活下去，必须有人来帮助她。因此她就改嫁了。安徒生和她一道搬到新的家里去。

继父也是一个劳苦的手艺人，但是和死去的父亲还是不同。他不会讲故事，对文学也没有兴趣。这也就是说，继父是不大理安徒生的。母亲仍然每天到河里去洗衣。因为她的身体比以前差，她一回到家来就要倒在床上休息，不能起来了。在这样一个新的家里，安徒生自然觉得非常寂寞。这时他才感到读书的重要。如果他能读书，那么他自己就可以看些有名的剧本和文学作品，不需要别人念给他听了。这使他记起了他父亲生前的一件事情。有一天一个学生来到他家里补一双鞋。父亲问他学什么东西，学生回答说学文学。当时父亲就流下眼泪来。当学生走了以后，安徒生悄悄地问他为什么要哭起来。

"这个学生所学的，正是我最感兴趣的东西！"父亲回答说，哭得更厉害了。

那时安徒生只觉得父亲心里很难过，但是不知道他难过的道理。现在他才懂得了：父亲是一个喜欢读书的人，可是家里穷，没有这个机会。的确，能够阅读书籍也是人生一件幸福的事情。安徒生现在认识了这一点，因此他也迫切地要求读书。他把这个意思告诉了母亲。

母亲看了他一眼，觉得他很可爱，也很天真。她叹了一口气说："哪里有你进的学校呢？你要知道，我们是穷人呀！"但是母亲不愿意打击他的热情，同时她实在也愿意自己的儿子能有机会读书。她考虑了很久，想起有一个慈善学校可能收留他。因此有一天她就带着安徒生到这个学校去当面请求入校。

校长把安徒生打量了一下，半天没有讲话。安徒生像他母亲一样，是一个道地的劳动人的儿子：他的骨架很高，他的一双手很粗，他的两条腿也相当长。在自命为"上流社会"人士的校长眼中看来，这是一个"丑得出奇"的孩子，把他收进来可能对学校的名声不好。但是母亲和儿子的恳求的眼光终于打动了他的心。他说:"好吧,让他来试几天吧!"

安徒生去试了几天。原来这个学校并不教什么书。它是一个宗教团体办的事业,专门灌输宗教思想。安徒生固然受了母亲的影响,非常相信上帝;但成天叫他做祷告和念经,他那富于幻想的活泼头脑可忍受不了。校长也认为他是一个没有出息的粗人的儿子,头脑笨,连字都不会拼,因此对他表示一种轻视的态度。安徒生是很敏感的,当他一发现别人瞧不起他的时候,他就不去上学了。

过了一些时候,哥本哈根的皇家歌剧院有一个剧团到奥登塞来演戏。安徒生跟一个散发节目单的人交上了朋友。这人常常把他带到后台的一个阴暗的角落里去看戏。那时这个剧团正在轮流演一个悲剧和一个喜剧。虽然安徒生是坐在舞台的背后,看不到全面的演出,但是他已经像发现了一个新天地似的,感到非常高兴。那些演员的动作是多么美丽!他们的对话是多么动人!是的,他们把活的人生搬上了舞台——充满了悲哀,也充满了希望的人生。这样的人生,安徒生本人已经开始有了一些体会。这跟他的傀儡戏比起来,要完善和生动得多。

安徒生开始对演戏感兴趣,他也希望能当上一个演员,把他对于生活的感受——他所感到的悲哀和快乐——通过具体的剧中人物,用生动的艺术形象在舞台上表现出来。是的,对他说来,这是一件最理想的工作。他对自己说:"我要当一个演员!"

这时他已经有十四岁了。根据基督教的习惯,小孩子到了十四岁就要受坚信礼,以巩固他对宗教的信心。受了坚信礼以后,小孩子就算进入了成人的阶段,可以自立了。安徒生受完了坚信礼就开始计划自己的前途。他要当一个演员，而且要当一个好的演员。但是奥登塞连一个像样的剧团都没有，怎么办呢？他想了好久，唯一的办法是到京城哥本哈根去。他想，如果他能进皇家歌剧院，他可以得到第一流的指导，将来总有一天他可以成为一个优秀的演员。但是他怎样才能进去呢？他在哥本哈根连一个熟人都没有，哪能登上皇家歌剧院的大门？他为这个问题苦恼了好几天。最后他终于想出了一个办法。

他记起了，当皇家歌剧院的剧团在奥登塞演戏的时候，剧团的负责人常常去拜访奥登塞的一位绅士伊泛尔生先生。安徒生虽然不认识他，但却鼓起了勇气，到这位绅士家里去请他帮忙。这位绅士听完了安徒生的来意，就哈哈大笑起来，叫安徒生"不要妄想"，最好在家学行手艺。但他笑完后，又觉得有失面子。为了要表示他的交游广阔，在京城里也有势力，他就提笔写了一封介绍信，叫安徒生去见京城里一位有名的舞蹈家沙尔夫人。

安徒生怀中揣着这封信，高兴得不得了。他想，现在可有把握了。他也听到过沙尔夫人这个名字。她是全国驰名的一个女演员。有了她的帮助，还怕不会成功吗？于是他便积极准备到哥本哈根去的旅行。他把他的木偶收在一起，藏在一个旧匣子里，留到将来作为纪念，因为他决定不再演木偶戏了。他把他心爱的几本故事书用包袱包好，作为旅途消遣之用。然后他打开他积钱的一个土罐——这里面藏着祖母平时给他的一些零钱。一堆银毫从里面滚出来。他数一数，一共有三十个，还有好几十个铜板。这笔钱不仅可以做旅费，也许还可以使他在哥本哈根生活几天。

一切准备好了以后，安徒生就把他的计划告诉给母亲。母亲起初以为他在开玩笑，没有理他。后来她听见他越讲越认真，不禁感到非常惊奇。她把眼睛睁得像斗一样大，意思是说：安徒生一家人从来没有哪个到京城去过；你这么大一点年纪就居然想到京城去，而且去演戏，岂不是在做梦吗？

"你简直是在——"母亲说了一半，把最后"发疯"两个字收回去了，因为她怕伤了孩子的自尊心。过了好一会儿她才慢慢镇定下来。于是她用一个平静的声音继续说："是的，演戏是很有趣的事情，可是有趣的事情不一定就不挨饿呀。祖母说过，有一个演戏的人不到四十岁就开始讨饭，因为他年纪大了，演戏既不能叫座，同时又没有别的职业。戏院的老板也不管他了。"

母亲知道挨饿的痛苦。她和祖母早就为安徒生的职业动过脑筋。她们已经为他商量好一条出路：学裁缝。她们知道，当鞋匠虽然是一个祖传的家业，但是比演戏好不了多少。安徒生的父亲甚至还没有到四十岁就死去了。但是人们无论怎样穷，总不能不穿衣服。因此她认为裁缝决不会像鞋匠那样倒霉，弄到没有饭吃。

"我看有一件事你一定很喜欢，"母亲堆着笑脸说，"你不是喜欢缝木偶衣服吗？你缝得才好呢。人人都羡慕你。祖母说，你一定会成为一个能干的裁缝。我看你做一个裁缝很合适。这是一种又清静、又斯文的工作。我已经为你找到了一个师傅，他说他愿意带你做一个徒弟。"

安徒生低下头，好像是在暗暗地流眼泪，一句话也不回答。过了一会儿，他站起来就不声不响地走开了。他决心要当演员，当一个舞台艺术家。他知道母亲完全是一片好意。为了怕她难过，他不愿意当面拒绝她。但是他的这种沉默使母亲一看就更感到难过了。

母亲为了安徒生的将来着想，仍然不愿放弃她的主张。有一天，她又把学裁缝这件事提出来，希望他改变自己的决心。她说：

"你在哥本哈根没有亲戚，又没有朋友，谁会理你呢？"

"有伊泛尔生先生写了一封介绍信，"安徒生很有把握地说，"沙尔夫人会帮助我！"

母亲听了这句话倒怔住了。原来儿子早已有了准备。这时她才第一次知道安徒生是一个意志坚强的孩子，要阻止他去哥本哈根是很不容易的。她终于同意了。

一八一九年九月五日，是一个阴沉的晚秋天气。安徒生手里提着一卷破行李，怀中带着他在过去几年私自积下的三十个银毫，由他的母亲陪伴着，慢慢地向市中心的广场走去。那儿停着一辆公共马车。他在马车旁边站着，想跟妈妈说几句告别的话。但是他怎么也想不出一句适当的话来，因为妈妈把双手捧着脸，已经哭得抬不起头来了。

最后他静静地把母亲紧抱着吻了一下，就独自爬上马车。车夫扬起鞭子，吆喝了一声，马儿就慢慢地走起来了。母亲擦干了眼泪，在广场上扬着手帕。这时她脸上似乎露出了一丝骄傲的笑容。的确，安徒生是她家第一个到京城去的人。

马车走到城外的时候，停了一下。安徒生的祖母已经在路边等候。他走下车来也跟祖母拥抱了一番。他们好像久别重逢似的，简直分不开。但是车夫要赶路，又噼啪噼啪地响起鞭子来。安徒生赶快走进马车；不一会马儿就拉着车子上路了。祖母向在灰尘中消逝着的马车望了很久，好像不相信她那双昏花的老眼似的。

从奥登塞到海边的一个小镇纽堡，需要一日一夜的路程。在纽堡还要坐船，渡过大海，才能到达哥本哈根。车到了纽堡，安徒生就提着他那卷破行李走下来。面对着茫茫大海，他第一次感到他是孤独而没有援助的。他几乎想哭出来，但是他没有哭。他昂起头，大步地向海边走去。

二

当哥本哈根城在望的时候，安徒生好像到达了渴望很久的一块圣地似的，心里感到非常愉快。公路两旁苹果树上的果子，映着九月金黄的太阳，好像是在对他发出欢迎的微笑。他不知不觉地哼出他在家常常唱的一支小调。这调子在高旷的晴空中盘旋着，好久不散。安徒生像发现了一件秘密似的，觉得他的声音非常优美。于是他天真地想："凭我这个声音，我也可以登上舞台了。"他越走近城墙，他的信心就越大，同时他也越唱得起劲。

在哥本哈根的西门口，哨兵和关卡检查人把他的那卷破行李望了一眼，没有检查就让他通行了。他好像已经当上了演员似的，一双腿走得特别有劲。不一会他就到了市中心。

哥本哈根是北欧一个繁华的大都市。阔人的马车，像流水似的，一辆接着一辆，在街心驰过。两边店铺上的招牌和旗帜，五光十色，简直可以把人弄得头昏眼花。酒店里飘出的歌声，跟街上马蹄的嘚嘚声混杂在一起，形成一种不调和的音乐。这是一个全国贵族和大地主集中的地方，也是享乐和挥霍金钱的地方。但这种豪华的景象也有阴暗的一面：在门洞里，在街道的拐角处，人们可以看到白发的老人或瘦弱的孩子，伸着颤抖的手，向那些坐上马车的阔人求乞。

安徒生想不到京城里也有穷人，而且有的比奥登塞的人穷得还要厉害。在鲜鱼蔬菜市场旁边，有许多人连家都没有，随便扯起一个破布篷，就在那里面生活和睡觉。这一点，安徒生当时是不理解的。那时拿破仑战争已经结束了五年。表面上一切似乎都恢复了常态，实际上战争所带来的灾害正在一天一天地恶化。丹麦是一个战败的国家，失去了整个挪威（那时丹麦和挪威是一个联合王国），用尽了国库里所有的钱财。贵族和大地主，为了要维持他们奢侈的生活，就加紧对广大农民进行剥削。农民生活不下去，就不能继续生产了。这就形成了当时有名的全国农业恐慌。哥本哈根就是在这恐慌时期中一个极度奢侈和极度贫困相对照的地方。

随着暮色的下降，这种阴暗的影子更显得阴暗，安徒生在晚风中感到一阵寒冷。他身上起了一层鸡皮疙瘩。他心中有一种预感，开始觉得他在这个城市里的生活将不会像他所想象的那么轻松。他本能地向贫民区走去——他觉得他是属于穷人这一个阶层。

他在一个小客栈里租了一间小房住下来。第二天他就拿着伊泛尔生的那封介绍信去找沙尔夫人。哥本哈根的街道他本来不熟悉，再加信封上的地址写得又不太清楚，他找来找去，总没有办法寻到这位有名的人物。过了几天，他开始有点失望起来。同时他那三十个银毫也用掉了一大半，心中不免也有些恐慌。客栈老板娘是一个眼睛很尖的人，她马上看出安徒生的神

125

色不对头。她害怕他将来交不上房钱，因此她就特别对他"关心"起来。有一天她问：

"先生，你究竟是一个干什么的？"

"演戏的。"安徒生说。但是他觉得这句话不太妥当，马上补充说："不过我还没有找到那个介绍人的地址——我已经找了好几天。一找到她我就可以登台了。"

老板娘看他这副寒酸的样子和他这种像煞有把握的神气，不禁好笑起来，同时也认为他的头脑可能不太正常。但是为了寻开心，她就故意做出一个认真的样子问："谁是你的介绍人？"

"沙尔夫人。"

老板娘把眼睛睁得像铜盆一样大，简直不相信她的耳朵。

"沙尔夫人！"她用惊讶的口吻说，"她的地址谁都知道。你要是真的认识沙尔夫人，我马上就可以告诉你！"

原来奥登塞的那位绅士伊泛尔生并不认识沙尔夫人。他只是一时虚荣，欺骗安徒生的无知，乱写了这封介绍信。他在信封上随便写一个地址，害得安徒生浪费了好几天的光阴。

安徒生现在依照老板娘的指示，总算找到了沙尔夫人。这位全国驰名的舞蹈家把这封奇怪的信看了一眼，又把安徒生的这副寒酸的样子打量了一下，觉得非常滑稽。

"你想当一个演员？"她问。

"是的，沙尔夫人，"安徒生恭恭敬敬地说，同时把他的高顶帽子摘下来，"我希望能在皇家歌剧院演芭蕾舞或歌剧。"

沙尔夫人把头略微转向一边，好使安徒生看不出她嘴角上浮起的一个微笑。她装出认真的口气，问："你能演哪一种角色呢？"

安徒生为了证明自己有演剧的才能，马上回答说："我可以演《生得里翁》[1]中的一场给你看。我才喜欢这出戏呢！"

这是皇家歌剧院的剧团在奥登塞所演过的一出戏。安徒生在后台的一个角落里曾看过好几次。他以为沙尔夫人既然是一个舞蹈家，他最好演女主角拿着手鼓跳舞的那个场面。于是他就脱下长靴子，把它有条有理地放在墙角的一边。他解释说，他只有穿着袜子才能跳得好。接着他又脱下帽子，拿在手上当作一个手鼓。于是他就用一种奇怪的姿势表演起来。他当场编造出一些歌词和音乐——因为他并没有读过这个剧本。

他跳得满身是汗。当他停下来的时候，他满以为沙尔夫人会称赞他。但是她却一声不响。她是一个四十来岁的很懂事的女人。她不愿意在这个天真的孩子头上浇凉水，因此她说，他有空的时候可以到她家里来吃便饭。她甚至还含糊地说，她可以问问芭蕾舞剧团的经理，看有没有空位子可以安插他。敏感的安徒生立刻看出，她的真正用意是叫他赶快走开。

他怀着十分失望的心情，离开沙尔夫人的寓所。他到哥本哈根来所追求的目的，现在证明是一个彻头彻尾的幻想。他在街上无目的地走着，一直走到深夜。他心中起了剧烈的斗争：回到奥登塞去呢，还是留在哥本哈根再另找出路？哪一样都不好。这时他的肚皮已经叫起来了，因为他一整天没有吃饭。他的腿子有些发软，头有些发昏。他本能地把手伸进衣袋里去，掏出了十个银毫——这是他全部的财产。不成！他决不能把这钱花在食物上面；他必须把它留下来交房租。他匆匆地跑回客栈，在厨房里喝了两碗凉水就蒙头睡去了。

---

1. 这是根据法国作家夏尔·贝洛尔（1628—1703）所收集的欧洲民间童话《生得里翁》所改编的一个歌舞剧。女主角是一个美丽年轻的女子；因为美，她受到嫉妒的继母和姐妹们的迫害，最后她跟一个热爱她的王子结了婚。

哥本哈根虽然是一个熙熙攘攘的大都市，但对安徒生来说，现在却像一个荒岛。没有任何人能帮助他。橱窗里虽然陈列着食物，但是他却没有权利吃它。馆子里飘出来的菜香只能刺激他的食欲，使他更感到饥饿难当。他不能等待，他必须想办法来解决他的出路问题。

他找到了一个剧团的经理。他也顾不到一般的礼貌，没有什么介绍信就直接闯进去了。经理恰好在家。他看到安徒生这副面黄肌瘦、褴褛不堪的样子，以为他是一个讨饭的孩子。他正想叫女管家拿几块陈面包给他，赶他出去，忽然他发现安徒生的态度非常庄重，很像一个懂事的成年人。他叫安徒生坐下来。

"你有什么事情需要我帮忙吗？"经理问。

听到这句话，安徒生感到说不出的温暖。他几乎感动得要哭出来。他马上站起来，捧住经理的手，好像遇见了一个恩人似的。

"我正需要您帮忙！"安徒生说。

经理把手甩脱，说："你说吧。"

"我想当一个演员，不知道您的剧团里有没有空额？"

经理吃惊地把嘴张了一下；他不相信这是站在他面前一个乞丐似的孩子说的话。他沉默了好久，最后安徒生的诚恳的眼光打动了他的心。他用比较温和的语气劝他说：

"孩子，你还是去学一行手艺吧。你长得太瘦了，在舞台上不像个样子。人们可能会把你嘘下台来的。"

安徒生一时不能体会这句话的意思。他以为经理可以接受他当一个演员，只不过嫌他太瘦罢了。所以他高兴地说："这个好办！只要您给我薪水，我很快就会长胖的。"

安徒生是一个诚实的孩子，他说的这句话也是绝对诚实的。但是经理却并不因此而原谅他。经理立刻做出一个难看的脸色，把门拉开，意思是要请他出去。

"我老实告诉你，"经理干脆地说，"我们从来不雇用没有受过教育的人。"

凭安徒生这副寒酸的样子和他说这句天真话的口气，经理断定安徒生是一个没有受过教育的穷人。这句话正刺到他的痛处。他和他的父亲多么希望读书，做一个有教养的人！但是社会却不给他们这个权利。他天真地以为他现在失去了这个机会，完全是他没有教养的缘故。他惭愧地低下头，不声不响地走出去了。

他的十个银毫也用得差不多了。安徒生开始觉得，他不仅没有工作的权利，连生存的权利也快没有了。晚上，他怎么也睡不着。他越想越觉得前途暗淡。他轻轻地走到窗子旁边去，把窗扉推开。他幼稚的心灵感到一阵悲哀，很想一跃就跳下去！反正这世界里没有穷人的地位。但是他猛抬头看见一轮明月。这月亮正在对他微笑。是的，它是一个老朋友。它在奥登塞常常来看他。[1] 它现在可能还带来了奥登塞的消息呢！于是他想起了母亲。母亲成天站在河水里洗衣，从来没有想到过自杀。当她累得精疲力竭的时候，她就喝一滴酒，得到一点兴奋，又继续工作下去。他要向母亲学习，鼓起勇气来活下去。

"多谢您带来的消息，月亮！"他向月亮飞了一个吻，又轻轻地把窗子关上。

聪明的客栈老板娘看到安徒生的脸孔一天一天地消瘦，马

---

1. 请参看安徒生的童话《没有画的画册》中的《前记》。

上就知道他在挨饿。于是她就联想到他积欠的房钱。她的旅店不是一个慈善机关；她决不能让事情这样发展下去。所以她很委婉地对安徒生说，他必须立刻腾空房间，"因为这房间有别的紧要用处。"同时她还做出一个同情的样子说，如果他身边没有钱，她愿意放弃他积欠的房租，作为一种友谊的表示。

安徒生这时已经有了一些碰钉子的经验，所以他能领会到老板娘的话语的用意。他从衣袋里掏出九个银毫来，付清了房租。他早就料到房东会叫他搬出去的。他不愿别人把他当作一个骗子，不付房钱。

他提着他那卷破行李，流落在街头。他走了大半天，不知道到什么地方去好。最后他才想起，他到哥本哈根来时，在马车上曾遇见过一位和善的太太。她名叫赫曼生夫人。下车时她曾留给他一个地址，叫他没有事的时候，到她家去看她。现在他对哥本哈根的街道已经相当熟悉了。因此很容易地就找到了这位太太的住所。

赫曼生夫人留安徒生吃了晚饭。这是许多星期来安徒生吃的最好的一餐饭：不但面包上涂着黄油，盘子里还有两块烤牛肉和一大堆洋山芋。他吃得津津有味，生活的热情又慢慢活跃起来。他把他到哥本哈根来以后的经过，一五一十地对女主人讲了一遍。

"我从来没有想到，当一个演员有这样困难。"安徒生说。但是他的语气中仍然充满了乐观。

和善的赫曼生夫人偷偷地叹了一口气，弄不懂为什么这个孩子是这样乐观。

"我看不但困难，"她说，"而且简直不可能。你现在还小，赶快学一行手艺吧。这样把光阴浪费下去是不聪明的。"

第二天她好心地花了整个上午翻报纸，结果她找到了一个木匠师傅招徒弟的广告，而且她还自告奋勇地为安徒生去接洽好了。安徒生听到这个消息犹豫了很久。哥本哈根究竟是一个艺术家集中的地方。最后他决定：要是回到奥登塞去，还不如留在这儿学木匠，迟早他可能得到一个机会实现他的志愿。此外，当木匠也是凭劳力吃饭；他现在最需要的就是吃饱饭。因此他就搬到木匠师傅家里去了。

照一般规矩，木匠师傅需要有安徒生在奥登塞的"品行证明书"才能收留他。安徒生老老实实地把他追求舞台生活的经过都叙述了一遍，师傅听完以后，认为他是一个略有一些文化的人，因此就破例收他做徒弟。但是他的这段经历却引起胖胖的老板娘的讪笑。她看见安徒生那副骨瘦如柴的外表，不但觉得他没有希望当演员，简直连当木匠的学徒都很勉强。她一看见他就要大笑两声。在她的眼中，安徒生简直是一个滑稽的人物。她一点也不考虑，她的这种态度，会使安徒生感到多么难堪。

安徒生丝毫也不懂木工的手艺，所以他初期的工作是替老板运送家具。这是一种很笨重的工作。他的身体很坏，本来没有什么气力。再加之在哥本哈根饿了一个时期，他的体力就更差了。所以累完一天以后，他全身的骨头就像脱了节似的，酸痛得厉害。因此他晚上也睡不好，到第二天更没有精神。老板娘不仅不同情他，反而把他当作一个丑角来取乐，神经非常敏感的安徒生简直没有办法把这种生活过下去。几天以后，老板看出他的气力不大，手脚也不灵，的确"没有用"，长待下去只会浪费他的粮食。经过一次委婉的谈话，老板把他解雇了。

从木匠师傅家里走出来以后，安徒生觉得不好意思再去见赫曼生夫人。他提着他的行李卷，又在街上徘徊起来。他不知走到什么地方去好。最后他让他的一双脚自作决定。他的脚本能地把他引向西门。他是从西门走进哥本哈根的。现在他正好再通过西门回到奥登塞去。但是当他走到西门口的时候，他忽然停住了。

"不成！不成！"他对自己说，"我不能回到奥登塞去！我既下了决心来，我就要有决心在这儿活下去！"

他急忙掉转身，走进路旁的一个小客栈里去。但是当他在客栈顶楼上的一个小房间里放下行李后，他又觉得茫然起来。到底怎么办呢？他身边没有一个铜板，也再没有一个其他的朋友可以帮忙。他坐躺在地板上的行李卷上，背靠着床，手支着下巴，越想越没有出路。外面教堂的钟敲了十一下。他已经这样坐了四五个钟头了。他没有想到饿，也没有想到时间已经接近半夜。他猛一抬头，看见他面前有一片月光。是的，奥登塞的那个老朋友又来看他了。他赶快打开窗子。一轮很圆的明月正在向他微笑。

他靠着窗子向月亮凝望。四周是一片静寂，他几乎可以听到露水的下降声。这时从佛列得里克斯堡公园[1]的树林里飘来一个清脆的声音。这是他很熟悉的一个声音：夜莺在唱歌。在奥登塞的时候，他有多少次在月光底下和夜莺对唱啊！

这时他猛记起有人说过，皇家歌剧院附设有一个歌唱学校，一位意大利籍的音乐家西博尼教授在那儿当指导。也许这位教授会欣赏他的歌声，替他在皇家歌剧院里想点办法吧。他马上又乐观起来。他倒到床上，几分钟以后就睡着了，因为他已经

---

1. 这是哥本哈根一个很美的大公园。

疲倦到了极点。

西博尼教授的女管家是惯于接见衣衫褴褛的年轻人的，因为教授许多年轻的艺术家朋友多半是穿得不大整齐的人物。当安徒生把他拜访的来意和全部的经历告诉她以后，她一点也不觉得惊奇，反而对他表示同情起来。她马上跑进去把这个不速之客的情形告诉主人。西博尼教授正和几个音乐家和诗人在吃午饭。这些客人包括当时驰名的诗人贝格生和名作曲家惠斯教授。他们听到这个鞋匠的儿子的经历，立时就感到兴趣，特别是惠斯教授，因为他自己也是一个在贫困中长大起来的人。

女管家把安徒生喊进来。西博尼马上把他拉到工作室里去。他把钢琴的盖子掀开，开始弹荷尔堡的一个诗剧的序曲。安徒生把他记得的几段唱出来。接着他又唱了几首荷尔堡比较忧郁的诗。这时他一时感触，不禁流下泪来。站在旁边的惠斯教授看到安徒生对歌唱怀着这样深切的感情，也不禁受到感动。

"多少穷人家的孩子被埋没了！"惠斯说。他想起了自己过去的生活。他把头掉向西博尼教授，继续说："我们应该帮助这个孩子。我看他可以进你的歌唱学校。"

西博尼教授沉吟了一会儿，点了点头。惠斯认为这是他同意的表示，于是他马上就在在座的艺术家中进行募捐，使安徒生可以在哥本哈根住下来。他当场就捐到了七十块钱。最后他们商量好把这笔钱交给西博尼教授保管，安徒生每月支取十块钱，作为生活费。他每天除了到西博尼教授的学校里来学习声乐外，还可以到惠斯家里去学习德文——因为德文是当时学习知识的一种不可缺少的外国语言。

安徒生总算安定下来了，起码在半年内生活没有问题。歌唱学校是专门为皇家歌剧院训练歌剧演员而设的，毕业后就可以充当实习演员。他像一只饿狼似的，不仅拼命吞食一切关于歌唱的知识，而且还吸收一切可能吸收的文化。他也不管一时是否能消化得了，见到了什么书就读，而惠斯教授家里的书可真不少：丹麦的古典作品、德国的古典作品、莎士比亚的丹麦文全集……他都硬着头皮读下去，虽然他那时所掌握的词汇并不太多。

生活固然非常清苦，但对他说来却已经像一首美丽的诗。事实上，他也真的写起诗来。这是他生活中的一种最高的享受。他的父亲对这种生活渴望了不知多久，但始终没有达到这个目的。他不仅写诗，还模仿英国的伟大剧作家莎士比亚，写起诗剧来。这个剧本叫作《阿芙索尔》。

可惜这种生活只是暂时的。到了第二年，在他刚刚过完十六岁的生日以后，一件不幸的事情发生了。刚刚过去的那个冬天非常寒冷，他从奥登塞带来的几件旧衣服早已经穿破了，鞋子也穿烂了。虽然他每月有十块钱的生活费，但这只够交房租和买面包吃，他从面包中节省下来的几个钱，又舍不得花，都拿去买了书和纸笔。所以整个冬天，他是在跟伤风咳嗽纠缠。他的声音受到了极大的损害。在一个美丽春天的早晨，西博尼教授干脆告诉他说，他学歌唱没有希望了。

"现在夏天快到了，"西博尼说，"你还是回到奥登塞去吧。孩子，我不会害你的。你现在已经不小了，不要耽误你的一生。"

安徒生从来没有像现在这样迫切地需要学习。可是他却偏偏要失去这个学习的机会。他咽下了伤心的眼泪，不声不响地走出了歌唱学校的大门。

回到奥登塞去！他想，母亲可能是对的：他应该学裁缝。是的，他是一个穷人的孩子，哪还谈到兴趣不兴趣。但是马上一个实际问题又来了：他的钱已经用光了，他连旅费都没有。

他现在的情况跟从前唯一不同的地方，是他认识了好几个作家和艺术家，而且他们之中有好几位对他特别和善，尤其是作曲家惠斯和一个经常写诗的古尔登堡教授。他先去拜访惠斯，因为惠斯认识一个钟表匠。安徒生打算在哥本哈根当一个时期钟表匠的学徒。但当他走到半路的时候，他忽然记起了，皇家歌剧院的芭蕾舞训练班每年五月要招生一次。他的声音虽然不好，但是学跳舞可能还不至于没有希望。于是他又乐观起来。他马上掉转身，向古尔登堡教授的住所走去，因为这位教授认识芭蕾舞训练班的负责人达朗。

古尔登堡教授听完了安徒生的来意，有好半响没有作声。很明显，他对这个孩子的乐观没有信心，因为安徒生的骨架长得太大，动作非常不灵活。此外，他又瘦得出奇，跟他的身材很不相称。但是安徒生追求艺术非常热情，弄得这位老教授不好意思浇他的凉水。他取出一套干净的衣服，叫安徒生换上——他以为这样多少可以把安徒生打扮得漂亮一点，给人一个好印象，然后他又为他写了一封给达朗的介绍信。

古尔登堡的介绍信发生了一定的效力，安徒生自己对学习的迫切要求，也使达朗留下一个好的印象。达朗虽然觉得安徒生穿着一身不合式的干净衣服，显得有些笨拙，但他对这个奇怪的孩子感到兴趣。他凭着这一时的兴趣把安徒生接受了下来。这次成功，使好几个认识安徒生的人感到高兴。惠斯自动提出愿意教安徒生学习丹麦语文，古尔登堡愿意教他拉丁文，因为一个芭蕾舞演员是不能没有文化的。安徒生一直在追求着的那个美丽的事业，现在似乎终于要实现了。他感到说不出的幸福。他又写起诗来。

但是达朗的兴趣很像肥皂泡，一会儿就消逝了。安徒生不曾有过起码的舞蹈基本训练。要教他从头学起，老师必须有耐心，而且还必须花很多的工夫。但是，在安徒生身上费这么大的气力，究竟会得到个什么结果，谁也没有把握。因此过了不久达朗就正式通知他，说他的身体已经长成了定型，要把他训练成为能登舞台的演员，是一件不太可能的事情。

安徒生已经习惯于这种推托。虽然他并没有哭出来，但是他内心的深处仍感到说不出的悲哀。他几乎不想活下去。

但他不可能老在悲哀中过日子。他时时刻刻接触到实际问题，因为饥饿在追迫着他。这些问题他必须用清醒的头脑来考虑，来解决。因此他很快就恢复了理智，平心静气地考虑他的前途。他想，学习唱歌和舞蹈不过是当演员的一种准备工作。他还不如直接去当演员好。从实践中学习实际的技术是最合理的事情。他离家时本来就打算直接去当演员的。想到这里，他就跑去和古尔登堡教授商量。他一点也没有表示出失败后的那种悲哀情绪。

他的乐观和毅力是有感染性的。古尔登堡教授也没有考虑到安徒生是不是适宜于演戏，就毫不迟疑地又写了一封信，介绍安徒生去见他所熟识的一位有名的老演员。他想，经过这位老演员训练一下，安徒生也许将来能在舞台上找到一个职位。

这位老演员把安徒生的外表仔细研究了一下。他觉得这个十六岁的孩子可能成为一个丑角。因此他就把他收留了下来，让他学习一些滑稽的动作。安徒生固然很勤恳地学习，但他对于表演艺术跟老师有完全不同的看法。他认为把人生在舞台上表演出来是一种最伟大、最崇高、最感动人的艺术，其目的不仅仅是逗人发笑，使人消遣。因此他要求学习一点严肃的东西。

老师答应了他的请求，让他表演悲剧《诃列几奥》中的主角试试看。诃列几奥是十五世纪意大利的一个名画家。他出身很寒微，所以他初期的作品常常受到人的轻视和奚落。安徒生准备了好几天，把这主角所应讲的韵文台词都背熟了。他在画廊里表演这个主角的独白。当他看到他的许多被人奚落的作品时，他不禁放声大哭起来。他的哭是流露他的真正感情的哭，并不是故意做作。但是老师却认为这一哭把整个悲剧气氛都冲淡了。

"你这个人感情有余而理智不足，"老师说，"做戏不能像这个样子。"

"那么应该像什么样子呢？"安徒生睁大着眼睛问，"我是把我全部的真实感情和精力拿出来演这个角色的呀。难道演戏不应该这样吗？"

这话师傅回答不出来。他只是连连摇头，觉得安徒生的看法很奇怪。最后他轻轻地叹了一口气说："孩子，你在这儿是浪费你的时间。你究竟有什么天才，只有上帝知道。不过你决不能当一个演员。放弃这个念头吧。演戏不过是艺术的一种，生活中美丽的东西多得很，你不能找点别的事情做吗？"

这段话实际上是等于把安徒生推出大门，不过听起来似乎是很诚恳罢了。的确，当他低着头走出大门的时候，他就听到他的后面的门嘎的一声关上了，好像不希望他再回去似的。事实上，这也是他最后一次的努力。哥本哈根再也没有其他的机会让他学习舞台艺术了。

三

安徒生现在有十七岁了。他到哥本哈根已经生活了将近四年。对一个穷孩子来说，这是一段很长的时间。他忍受了饥饿和世人的讥笑，他经历过快乐和失望，但是仍然没达到他的志愿。他唯一的成绩是他写了一部诗剧《阿芙索尔》。

"也许这个剧本能在舞台上演出吧？"他心里想。如果他能够为舞台写剧本，即使他没有能当上演员，他的理想仍然不能算是失败。

但是他的剧本究竟够不够水平呢？这点他没有把握。他读过退伍的海军军官比得·吴尔芙译的莎士比亚剧本。在他心目中，这位吴尔芙是一个对戏剧最有研究的人。也许他能提一点意见，给他一些帮助吧。于是安徒生也没有找什么人介绍，就直接去访问这位译者。这位译者恰好很闲空，所以也就很高兴地接见了他。

安徒生看到这位译者的书房里全是书籍和莎士比亚的各种版本，立即就对他起了敬意。他好像遇见了一个有学问的老师似的，凭着他一腔求教的热情，立刻拿出他的剧本，当场朗诵起来。这是他第一次这样做。他相信一个有学问的人是决不会笑他的。

当他读到一半的时候，吴尔芙忽然打断他，说："你吃点东西好不好！"因为这位译者看到他饥饿的脸色，心中实在不忍听下去。但是这个年轻的剧作者却不愿分散这位学者的注意力。他还特别提高他那因饥饿而变得无力的嗓子，用更大的声音读下去。这位老翻译家从来没有看到一个这样热爱自己的工作的人。他起初以为安徒生不过是一个好表现的中学生，现在他才知道，这是一个把自己的工作当作生命一样严肃看待的人。于是他也不得不认真地听下去。

"您觉得我能写出一点什么东西吗？"安徒生念完以后问，"我多么希望能写出一点东西啊！"

这位莎士比亚的译者当时没有回答，只是若有所思地对自己点点头。他在回忆他刚才所听到的台词。有些句子写得很美，有不少的段落表达出相当丰富的生活内容，而且还似乎很有力量。他不敢肯定，这些片断是不是从别的著作中抄来的。但无疑地，就他的年龄和热忱说来，他是一个有才华的少年。

"伟大的作品是需要花时间的，"这位翻译家用谨慎的口吻说，"莎士比亚的不朽是一生辛勤劳动的结果。"

这是安徒生第一次听到一位对戏剧有修养的学者拿莎士比亚来鼓励自己。他心中感到说不出的快乐。他忘记了饥饿，兴高采烈地跳到街上来。他现在充满了信心，他要用写作来表现人生、他的理想和他对美的追求以及他对生活的感受。

他满怀信心地把这个剧本拿去见一个出版家，希望能得到一个出版的机会。出版家看了看作者的名字，觉得推销的前途不大，当时就拒绝了。但是一位编刊物的批评家却感到兴趣。他从《阿芙索尔》中选出一场在他的刊物上发表，并且还写了一个简短的编者按语，在这按语里，这位批评家特别举出他发表这戏的理由："因为作者是一个没有什么教养的人。从这点看来，他能写出这样的东西来是很难得的。"原来编者是从一个好奇的角度来发表这篇东西的，希望借此能引起读者的好奇心，因而也引起读者对他的刊物的注意。他并不是把安徒生当作一个有前途的青年作家来介绍的。因为当时社会上有一种偏见，认为"下层社会"的人决不能成为一个作家。

在天真的安徒生看来，他的作品能够在一个刊物上发表出来，已经是一件很大的胜利。那时他有一个非常同情他的好朋友尤尔根生夫人。他马上把这篇发表了的作品拿给她看。她当然很高兴。她鼓励他把这剧本送给皇家歌剧院的负责人试试看。如果他的剧本能够有一个上演的机会，那么他今后就可以从事创作，不必再怀恋当什么演员了。她不仅鼓励他，她还特地找到一位跟皇家歌剧院有关系的人，请他写一封介绍信，推荐这位年轻作者的作品。

丹麦当时剧作家很少。剧院里经常上演外国的剧本。皇家歌剧院虽然在名义上是专为"上流社会"人士而设的，实际上拿钱买票去看戏的大多数是新兴的中产阶级以上的商人。他们和贵族不同，并不喜欢看外国东西。剧院当局为了赚钱，不得不考虑这批顾客的兴趣，寻找些本国作品。安徒生的剧本送去后，虽然当时没有下文，但也引起剧院负责人的兴趣，特别这剧本已经有一部分在刊物上发表过。过了一段时间，这位年轻人忽然得到一封信，约他去见皇家歌剧院的一个负责人拉贝克。

跟拉贝克一起在座的，还有剧院的另一个负责人约那斯·古林。安徒生满以为他们接受了他的剧本。事实上恰恰相反，他们并不谈他的剧本上演问题，他们甚至还不把他当作一个剧作家看待。他们当面把他的剧本批评了一番，说它写得幼稚，而且显然缺少"文化"。

"皇家歌剧院的观众都是有教养的人，"拉贝克说，"没有文化的作品决不能在皇家歌剧院上演。"

拉贝克所说的"文化"，是指当时"上流社会人士"的那些矫揉造作的生活方式的描写，和他们的俏皮的对话。他认为这个年轻人有些才能，但只有当"才能"导向这方面来才能写出合乎剧院要求的剧本。因此他觉得这个年轻人可以"培养"成为剧院的一个固定的"剧本写作匠"。

"我听说你曾经在歌唱学校和舞蹈训练班尝试过，"约那斯·古林补充说，"你的努力引起我们的注意。你对于皇家歌剧院既有这样大的热忱，所以我们就认真地读了你的剧本。拉贝克先生说得对，没有文化的作品是不能在皇家歌剧院上演的。你的字里行间，还表示出某些才华，但就是缺少文化。我们想为你弄一笔公费，送你到学校里去读几年书，然后专门为剧院写剧本，你说好不好？"

安徒生当时听不懂这段话的意思。他们似乎在奚落他，又似乎在赞扬他。但无论如何，他们提议为他找一笔公费读书总是值得考虑的，他的父亲一直希望能有一个机会读书而没有达到目的。现在他既然有这个机会，不管对方的动机怎样，他是不愿放弃的。不过他的钉子碰得太多了，也许这两位先生又是在开他的玩笑吧。因此他用怀疑的口气问："先生，您说的是真话吗？"

"当然是真话！"约那斯·古林说。

约那斯·古林果然为安徒生申请到了一笔公费。这个年轻人将要到一个叫作苏洛书院的中等学校去读书。

苏洛书院位置在一个风景优美的小镇斯拉格尔塞。这个学校是专门为地主和贵族的子弟设立的，所以在当时要算是丹麦设备很好的中等学校之一。它的校长梅斯林也因此而感到自负。他知道安徒生是皇家歌剧院的负责人约那斯·古林介绍来的，而且来的目的是要使他学到"上层社会的教养"。梅斯林便以大师自居，负起教育和改造安徒生的责任来。

他知道这个新来的学生是一个鞋匠的儿子，"一个没有教养的下层社会"的人。虽然他心里有些轻视他，但是在表面上却做出很关心他的样子。他叫这个新学生住在他家里，以便他亲手教养他。他有一个雄心，要把这个"野孩子"改造成为一个上流社会的绅士。他要叫他懂得"上流人"的礼貌和道德观念，并且还要教他丹麦"上流社会"的语言。

这个天真的年轻人以为梅斯林像莎士比亚的译者吴尔芙一样，也是一个对文学和戏剧有修养的人。在第一天晚上，他就怀着谦虚求教的心情，把自己发表过了的那一部分《阿芙索尔》念给这位老师听。他念了足足有一个钟头，他的声调充满了剧中人的感情。梅斯林一直是静静地坐着，一句话也不说。他只是不时摘下他的双料近视眼镜，摸摸他的塌鼻子，或者搔搔他那些稀得几乎等于没有的头发。在他的眼中，这个学生是一个地道下层社会出身的人，一点也不懂写文章的规矩。

安徒生念完以后，用谦卑的眼光望着这位老师，等他提意见。梅斯林眨了眨眼睛，不慌不忙地说：

"没有一句是通的。你半点文法也不懂。"

"这是剧本，我是照口语写的。"

梅斯林这时可不耐烦了。他把桌子一拍，弄得他的那副双料近视眼镜跳了两寸来高，几乎要跌到地上砸碎。

"什么口语！那是下层社会的语言！以后不准你再念或者写这类东西！我有教育你的责任，我不准你写！"

安徒生看见老师这样认真地发起怒来，弄得莫名其妙。如果他所写的活生生的民间口语是下层社会的语言，那么他在这里究竟能学到什么东西呢？他不但怀疑，而且还害怕起来。他害怕他会受到奚落和侮辱，因为他是一个自尊心很强的人。

事实果然是如此。梅斯林认为他不懂丹麦文，需要从头学起，因此把他安插在最低的一个班次里。同班的学生都是十一二岁的孩子。安徒生不仅年龄比他们大许多，身材也要比他们高一半。而且因为他是贫穷人家的孩子，不懂得所谓上流社会人家孩子的习惯和礼貌，大家都把他看成是一个乡下来的"笨汉"，经常把他当作一个开玩笑的对象。最糟糕的是，梅斯林偏偏在做礼拜的时候又要他跟高年级的学生在一起。这种区别对待的结果，引起安徒生同班的那些孩子对他极端愤恨和仇视。

这个身材高大的年轻人，在这些孩子中间，正如白天鹅在一群鸭子中间一样，是完全孤立的。[1] 他一上完课后就只好回到梅斯林家里来。这正合梅斯林的心意，因为梅斯林有一大群顽皮的孩子需要人带，而这笨拙的学生却是一个最可靠的保姆。他的性情好，对孩子非常温柔，而且又会讲故事。他们一见到这个学生就围拢来，听他新编的一些童话，再也不愿意在家里捣乱了。

梅斯林打听出安徒生的母亲是一个"没有知识"的洗衣妇，工作时常常喝几滴酒，而且在没有结婚以前，还跟一个长工生过一个女孩子。为了要使安徒生认识这是一种不可饶恕的罪过，梅斯林计划着要给他一次严重的教训。那时斯拉格尔塞发生一件谋杀的案件。有一个十七岁的女子违反了她的封建父亲的意志，跟一个她所喜爱的年轻人发生了爱情。她的父亲不准。这个年轻人就串通了另外一个人杀害了她的父亲。后来这三个人就被判了死刑。在行刑的那天，梅斯林特别把安徒生送

---

1. 请参看安徒生的童话《丑小鸭》。

到刑场上去看执行死刑的情景。当这三个犯人的脑袋落到地上的时候，这个一直生活在美丽想象中的学生立刻就昏倒了。

他很久忘记不了这次恐怖的印象。他一闭起眼睛就看到那三个滚动的脑袋。梅斯林这种野蛮的教育方法，使这个想象丰富的学生几乎成了一个神经病患者。他怎样也不能再继续念书。他坐在教室的小凳子上像一个傻瓜，脑子里全是一些可怕的幻想，怎样也没有办法把注意力集中到书本子上来。

"你真是愚蠢得太岂有此理，"梅斯林说，"教你简直是浪费我的时间！"

但是为了要对皇家歌剧院的负责人交差，梅斯林还是继续用他的野蛮方法来死逼这个出身贫苦的学生成为一个"有教养的绅士"。他强迫他死背拉丁文和希腊文的文法规条；一有错误，他便信口谩骂。这样的学习，对于这个头脑活泼的年轻人说来，简直是一种刑罚。这种生活他真是一天也过不下去，但是他又没有别的办法。

幸亏学校有一个小小的图书馆。这个图书馆里藏着的书籍虽然大多是陈旧的，但可借阅的文学作品却也不少。每天晚上大家入睡以后，安徒生就偷偷地读许多当代诗人的作品。德国的歌德、席勒和海涅，英国的斯各特、拜伦和斯沫勒特，凡是他所能借到的，他都反复地读过几次。这些作品不但使他忘记了当前的苦痛，还把他带到一个充满了生活气息的世界里去。

这个世界激起了他写作的热情。他的年纪虽然不大，但他的生活经历可相当丰富。他内心有一种迫切的要求，要把这种生活用艺术的语言表达出来。于是他开始写诗和剧本——充满了苦痛、热情的诗和剧本。他一有空就写，甚至在星期天做礼拜的时候都在偷偷地写。这种新的发展当然逃避不了梅斯林的注意。事实上他已经偷偷地检查过安徒生的抽屉，并且还仔细地读过这个年轻人的一两篇作品。当然，这些作品在他看来是"写得不通的"。有一天他把这位沉浸到创作中去的年轻人喊到办公室里来。他鼓起发红的眼睛，严肃地说：

"你没有半点才能！如果你真有些诗才，我不会注意到吗？我自己就是一个诗人；我知道什么叫做诗。你的毛病是傻气、糊涂和愚蠢。假如你有一点诗意的话，我可以在上帝面前发誓，我一定鼓励你写诗的。你在我的学校里是一个大傻瓜，我原谅你这一点。不过你有一个顽固的想法，这个想法将来一定会使你走进疯人院里去。如果你真的把你的诗发表，人们一定会笑死你！——"他停了一会儿。好像他的气还没有消完似的，他又继续说："我从心眼里讨厌你。我知道你会恨我的，因为我对你说了真话。"

这就是安徒生在梅斯林的学校里所过的日子。这种日子他过了将近六年。他对于一切讥笑和侮辱的忍耐力已经达到了顶点。如果他再忍受下去的话，他真的就要进疯人院了。最后他鼓起勇气写了一封信给皇家歌剧院的约那斯·古林。他在信中说："先生，请您救救我吧！再在这儿住下去我就会变成一个没有用的废人。"

约那斯·古林接到这封信，深深地叹了一口气。要把"没有出息"的乡下人改造成为一个"有教养的绅士"是没有希望了。把他培养成为一个合乎皇家歌剧院要求的剧作家，当然更是一种不切合实际的幻想。他早就接到过梅斯林的报告，说这个愚蠢的学生是一个没有前途的笨孩子。他现在认为，事情既然得到这样的结局，也只好让它去了。他同意安徒生离开这个学校。

安徒生知道得很清楚,他离开学校以后,生活马上就又会发生问题。但他宁可挨饿,也不愿再受这种野蛮的教育。他必须离开这块地方。他需要自由。他立刻收拾行李和文稿,准备回到哥本哈根来。

梅斯林很快就知道安徒生要离开他的学校。他一点也没有检查自己的教育方法和思想是否有毛病。相反地,他认为这个学生简直不知好歹,对不起他这个热心的老师。所以当安徒生向他告辞的时候,他非常生气,激怒地说:

"去你的吧!我希望永远不要看见你!"

这是一八二七年,安徒生已经有二十二岁。他提着他的行李,像一个获得了自由的囚徒似的,离开了梅斯林的家。他心里感到轻松,但也感到沉重。正如他十四岁时离开家一样,他现在回到哥本哈根去,同样感到渺茫。所不同的是他的行李里现在多了一大包文稿。

当他坐上走向京城的公共马车的时候,他自己也很难过,因为他觉得他这六年的学习是彻头彻尾的失败。后来他回忆他少年时代的生活,在一封给友人的信中曾经写过这样一段话:

> 你不知道我曾经走过怎样一段斗争的道路……我在贫困和愚昧中长大起来,没有任何人来指引我,把我的智力导向正确的方向中去。它像游星一样无目的地飘荡。当我能够有机会上学校的时候,老师却强迫我受一种愚人的训练。我常常感到很奇怪:我居然能够活了下来!

四

安徒生在哥本哈根的一所旧房子里租了一间顶楼。顶楼一般是放破烂东西的地方。但对于这个摆脱了羁绊的年轻人说来，这却是一个最舒服的住所，因为他在这个小房间里有自由，可以写他所愿意写的东西，没有人来讥笑或侮辱他。他从没有像现在这样觉得时间宝贵。每一分钟他都不轻易放过。他觉得他浪费的时间已经不少。他要把时间捉回来。

他尝试各种形式的创作。他写诗，写剧本，他写游记和散文。这是他的创作欲非常旺盛和幻想非常丰富的一个时期。

在哥本哈根的文化人中，除了莎士比亚的译者吴尔芙外，安徒生还认识诗人海堡[1]。海堡编一个有名的文艺刊物《快报》。像吴尔芙一样，他对安徒生的创作努力也感到很大的兴趣。有一天他看到这个年轻人的几首诗，觉得非常新鲜。他提议挑出两首在他的《快报》上发表。安徒生是一个非常谦虚的人。他觉得他的作品不过是一种练习，还没有达到发表的水平。同时他也没有忘记梅斯林对他的奚落，说他没有半点诗才。因此他更不敢拿出去发表。但是海堡坚持他的意见，说不妨让读者来判断一下。安徒生只好让他选出两首。

但安徒生不敢署自己的全名。他把他的名字"汉斯"的头一个字母 H 拿来作为代表。这恰巧跟海堡的名字的头一个字母相同。这两首诗一发表后，立刻引起一些批评家和作家的注

---

1. 全名是约翰·路得维格·海堡（1791—1860），他是丹麦歌舞喜剧的创造人。他写过许多喜剧、诗和哲学论文。

意。他们以为这是海堡自己的作品，甚至有不少"上流社会"的批评家也把这两首诗称赞了一番。这固然是一件滑稽的事情，但当时却鼓起了这个年轻人对写作的信心。

他开始计划写一部较长的作品。这将是一部幻想的游记。它的名字是：《从霍尔曼运河到阿玛迦东部步行记》。安徒生把他在生活中的斗争和感受，以激荡的热情，写进去了。

这部作品也引起了《快报》的编者海堡的兴趣，因为它不但充满了生活和诗情，还充满了对未来美丽的想象。安徒生在这里面描写了三百年以后世界的景象：那时人类的智慧将会把世界大大地推进一步，空中将有飞船航行，俄国将是世界上一个治理得最好的国家，封建的西班牙将不会再有最反动的天主教耶稣会的统治……在技巧上讲，这虽然不是一部太成熟的作品，但它对当时死气沉沉的文学界却吹进了一点新鲜空气。

海堡从这书中选出一部分在他编的《快报》上发表，看它是否能引起读者的注意。结果是肯定的。有些读者来信，希望看到全书。这使海堡本人愿意作这部书的出版者。丹麦是一个小国家，一本书是否能出版，一般要看预订者的数目大小而决定。这部游记收到五百份预订单，足够出第一版。这是一八二九年，安徒生刚刚满二十四岁。这是一部新奇的书。它出版后，海堡对读者介绍说："请不要用普通的眼光来读这部书，请把它当作一个即席演奏者的狂想曲来欣赏吧。"

这部书的第一版销完后，马上就有一个大出版家爬到安徒生所住的顶楼房间里来拜访。他提出相当优厚的条件，希望安徒生让他出第二版。这时安徒生正在饥饿中挣扎，所以他立刻就答应了。一个年轻人的作品，在当时能印到第二版，是一件不很容易的事情。这说明已经有不少读者喜爱他的作品了。

几个月以后，他又写完了一部喜剧。因为他的头一部书的成功，这次皇家歌剧院也不拒绝它了。在一八二九年四月的一个晚上，它正式在这个全国驰名的大剧院里上演。这位年轻的剧作者静静地坐在一个角落里，望着那些熟练的演员把他所创造的人物变成具体的形象，在观众面前再现出来。这时他眼中不禁暗暗地流出了一股热泪。十年以前，有好几次他想在这个剧院里找一个小小的职位，每次他都遭到惨痛的失败。从那时起，到现在他的剧本在这个舞台上演出，是一段多么艰苦的过程！在这个过程中，要不是有不少同情者的帮助和鼓励，恐怕他连生命都要遭到灭亡！

头一部书和这个剧本的收入，可以保证他一年的生活。这是他有生以来第一次摆脱了饥饿的恐慌。这对于他的工作是一个有利的条件。他的劳动热情非常高，他爱他的劳动。到圣诞节的时候，他又出版了一本书。这是他所写的第一部诗集。它后面还附有一篇用散文写的童话《鬼》。这篇童话当初虽然没有引起人的注意，但已经显露出他写童话的天才。后来他的一篇有名的童话《旅伴》就是根据它改写的。

安徒生的辛勤的创作劳动，开始引起了一些所谓有教养的作家的注意。这些作家大都是贵族和地主家庭出身的知识分子，他们进过正式学校，他们能写出"上流社会"所欣赏的复杂文体。但他们缺少生活和想象，因此他们的作品呆板无味，引不起读者的兴趣。这位新生的年轻作家的生动活泼的口语和新鲜丰富的想象，招到这批人的嫉妒。他们开始怀疑这个年轻作家是怎样一个出身的人？属于哪一个派别？是一个浪漫主义者呢，还是一个古典主义者？原来那时一些所谓有教养的作家，生活在一个狭小的圈子里，与人民脱节，并没有什么东西可写。他们只是专门讲究技巧和形式，模仿过去的作品和作家，而且根据自己所模仿的对象，把自己分成各种不同的派别。安徒生写的是他在人民中所体验到的生活和感情，他既不是古典主义者，也不是怀恋中世纪生活的浪漫派。

这事实最初引起这些人的惊异，后来就渐渐引起他们的"愤慨"。他们知道了他是一个鞋匠的儿子。一个鞋匠的儿子怎么能当作家！在他们看来，这个年轻作家的出现是文坛上的一个灾害，他会破坏文学语言的风格和文学的"优秀传统"——腐朽的贵族传统。事实上，安徒生的作品在读者中所受到的欢迎，对他们说来是一种威胁。因此他的作品就开始受到非常粗暴的批评；而且这些批评主要是集中在文字技巧方面。他们说他写的文章不通，许多字都拼错了。他们希望用这来证明安徒生是一个没有教养的人，根本不配当一个作家。在这种情势下，连平时帮助过安徒生的海堡为了保持自己的地位，也不得不反对他了。

哥本哈根现在对于这个年轻人说来，简直像第二个苏洛书院。人们是这样奚落和打击他，他实在忍耐不下去；现在连他的朋友都来反对他了！但他是一个生性善良和厚道的人，他又无力起来反击。他的心真是乱极了。如果他想继续工作下去，他必须换一个环境。在一八三〇年的夏天，他决定动身到外地去旅行。他先回到他的故乡富思岛，接着他就到丹麦最大的一个区域尤特兰去。

这次大规模的旅行扩大了他的生活面。他重新接触到他所熟悉的农民、手艺人、小贩、没有饭吃的穷人和挥霍无度的地主贵族。他重新看到丹麦美丽的田野和清秀的河流。他对生活有了新的感受和信心。他对创作又有了更高的热情。这次旅行的结果是他的第二部诗集《幻想和速写》的出版。

从此以后，旅行跟安徒生的创作简直分不开。在旅行中，他看到广大的人民在劳动，在创造财富；在欢乐，同时也在受难。当他跟他们生活在一起的时候，他体会到他们的伟大，他了解他们的感情。这种感情成为他创作的灵感，使他敢于揭露统治阶级的横蛮和堕落；在另一方面，他追求美、真理和幸福，他现在对创作有了新的勇气和信心。

第二年他开始第一次到国外去旅行。他的目的地是德国。他到卢贝克，到哈兹山中去，到文化的中心莱比锡，到美丽的风景城德累斯登去。他有时乘马车，有时步行。他跟从事各种劳动的平民混在一起，跟他们交朋友，给他们讲故事。他看到他们的祖先所建筑起来的雄伟教堂和博物馆，他看到他们现在亲手开垦出来的田野和花园。他虽然是一个外国人，但因为自己的出身有许多和他们相同的地方，所以生活在他们中间，他一点也不感到生疏。

在这些人中间，谁也不知道他的生活和家世，因此也没有谁瞧不起他。他感到非常自由和幸福。他觉得他真正是一个诗人。他的生活非常丰富，觉得有无穷尽的东西要写。他以一个诗人的身份，会见了许多德国的作家。阿尔伯·冯·加米索[1]和蒂克[2]都成了他的朋友。

这次旅行的收获是《旅行剪影》和《哈兹山中漫游记》的出版。

隔了一年，他又第二次到国外去旅行。他于一八三三年四

---

1. 加米索（1781—1838）是一个有名的德国诗人。
2. 蒂克（1773—1853）是德国的一个名作家。

月二十二日从哥本哈根动身。这次他打算在国外住两年，而且他不仅要多体验些生活，还要多写出些东西来。

他所到的第一个城市是巴黎。这时正是风光明媚的春天。巴黎马路两旁的梧桐树正在开着白花，发出新鲜的香气。比起北欧的丹麦来，这儿的空气要温暖得多。巴黎人也似乎是温暖的。他们似乎并不因为多了一个瘦长的丹麦人就感到稀奇。我们这位年轻的诗人可以安闲地在街上散步，静看街上的景物，或者坐在公园里写生活的笔记，甚至跟旁边的人交谈。这些人有时对他发出友谊的微笑。这微笑像巴黎的春天一样，也是温暖的。

巴黎是伟大的：它积累了法国人民的许多天才的创造。巴黎的圣母院，卢浮宫博物馆和里面陈列着的丰富的绘图和雕刻，富丽堂皇的杜勒里宫[1]——这一切都是法国人民的智慧的结晶。这位年轻的丹麦作家好像读到了一部内容丰富的书。他喜欢这个城市，因而他喜欢建设这个伟大城市的法国人民。

他越爱巴黎，他也就越想念他的祖国。他每天写信给他国内的朋友，报告他的观感；同时他也迫切地盼望能得到朋友们的来信。他每天早晨起来第一件事就是走下楼来看有没有他的信件。有一天他收到了一封很厚的信，但信封上没有邮票。他得先付清了邮费欠资才能拆开它。但是当他拆开的时候，里面并没有什么信，而是一大张报纸，上面印着一首讽刺他的诗。丹麦的"上流社会的文人"至今还不能原谅他——一个鞋匠的儿子居然当上了作家！他走到哪里，这种阶级的偏见就跟他到

---

1. 巴黎的一个古老的宫殿，在一五六四年开始建造的；一八七一年革命时曾部分被毁，现已不复存在。

哪里。

安徒生怀着愤怒的心情，离开法国到瑞士去。他决不因为这种打击就停下笔来。他不仅要坚持写作下去，而且要写出更好的东西来。他在瑞士的尤拉山中租下一间小屋，开始写他的美丽的诗剧《亚格涅特和海人》。这是一个风景秀丽的地方。四周是一片长青的松树；除了鸟声和风声以外，他听不到任何咒骂他的声音。他可以在这儿安静地整理他的笔记和旅行印象。他可以在松树下的石上沉思，把他的生活和感情织成一首美丽的诗篇。

这部作品完成后，他就动身到意大利去。这也是欧洲一个历史悠久的国家。他曾经在古代罗马作家的作品中读到许多关于这个国家的记载。当他一到达热那亚[1]的时候，他就好像走进了一个古老而又新鲜的世界。立在碧蓝海上的那些白色的庄严建筑物，龙巴地[2]的碧绿的平原，李维埃拉[3]群山上银白色的橄榄林，藏在柠檬树里的农舍，映着落日晚霞的云块，赶着牛群回家的朴实的意大利农民，牧羊人的暮歌，海滨渔妇祈求明天不要再有风暴的晚祷……这种美丽的自然，和渔人跟这个大自然的斗争，使安徒生更进一步体会到劳动人民生活的艰苦。

从热那亚，安徒生又到另一个文化古城佛罗伦萨去。在他第一眼看来，这是一个街道狭小的阴暗的小城。但是当他一走进去的时候，它却是一个迷人的世界！这儿有琳琅满目的画

---

1. 意大利西北部的一个古老的滨海城市，里面有许多古宫、一所古老的大学、美术学院和音乐研究所。
2. 意大利北部的一片平原，充满了许多古代的历史遗迹。古代的龙巴地人曾在这儿建立起一个帝国。
3. 意大利北部地中海旁的一个优美风景区。

廊，还有富丽庄严的教堂。每一个教堂本身就是一个博物馆。他在这些教堂和画廊中，看到了从来没看见过的美丽的雕刻。它们生动的形象深深地印入他的脑海。他在爱情的女神维纳斯的雕像面前坐了一整个钟头，完全被这古代伟大匠人的精心杰构所迷住了。最后，他好像得到了启示似的说：

"如果我能带着当前的感受回到我十七岁的年龄中去，那么我也可以成为一个像样的人了。现在我才了解，我什么东西也不知道，我什么事情也没有做，而生命却是这样的短促。这样无限多的东西我怎样学习得完呢！我以前从来没有这样的感觉；这种感觉使得我非常难过。"

看到古人的这些辉煌的创造，我们这位年轻诗人感到自己非常渺小。他走的地方越多，他就越觉得他需要学习。他不仅要学习，而且他也要辛勤地劳动。佛罗伦萨的这些雄伟的教堂，不都是古代的工人一砖一瓦地砌成的吗？那些华丽的壁画，不都是古代的画匠一笔一画地勾成的吗？那些庄严的刻像，不都是古代的雕匠一刀一凿地雕成的吗？他自己也要像他们一样地工作。只有这样他才能继续发扬一个光辉的传统，并且超过古人。

当他来到欧洲文艺复兴的城市罗马以后，他遇见了他的同国人多瓦尔生[1]。这是一个穷苦雕匠的儿子，凭他辛勤的劳动和天才，他已经成了全欧驰名的一个雕刻大师。欧洲所有的大博物馆和建筑物差不多都有他的作品。这时他已经是六十四岁的白发老翁，但他仍然在罗马辛勤地工作。这个杰出的丹麦人深

---

1. 多瓦尔生（1768—1844）是丹麦的名雕刻家。他是发扬欧洲古典雕刻艺术传统的一个杰出人物。

深地感动了安徒生。他虽然住在罗马，但他非常关心祖国的情况。他已经读到过安徒生的作品，而且知道这个年轻作家像自己一样，也是一个穷苦人家的儿子。当他看到安徒生的时候，他紧握这青年人的手，低声说：

"我知道你是一个诗人。但是一个诗人也要像一个雕刻师一样，不停地学习和不停地劳动才能进步呀！"

这话说得那么亲切和朴素，安徒生几乎感动得要流出眼泪来。是的，他要劳动，像他母亲一样地劳动——可怜的妈妈，她正是在这个时期离开了这个世界。安徒生刚刚接到关于她去世的消息。他悲哀极了。但是为了要纪念他的母亲，他应该加倍地劳动。他开始写一部大的著作：《即兴诗人》。

这是一部长篇小说。它的背景是意大利，但它的内容却是作者所体验过的生活和他在生活中的斗争。这书里有他的儿童时代和少年时代；有他的勤苦的母亲；有像梅斯林这样粗暴的人；有他在饥饿中的挣扎。这书的主人公就是作者自己。他的温柔的诗人气质，在一系列的灾难和困苦中得到了锻炼。他没有在阶级社会的压迫下屈服；相反地，他冲破了社会在他周围所竖起的壁垒。他对于自己的工作有充分的信心，因为这种工作是对人类有利的。因此他到处受到人们的欢迎。

这部作品除了描写他对生活的感受以外，它里面还充满了作者所特有的幽默感、幻想和诗情。所以它读起来像一部诗。当它在哥本哈根出版以后，它立刻受到广大读者的欢迎，而且还被译成好几种外国文字。安徒生现在成了读者所爱好的一个作家，在国内国外都是如此。那些"有教养的文人"所认为写得不通的文字，在读者的眼中却是生动活泼的口语，为他们所喜好。正因为如此，这位年轻诗人开始觉得，他现在应该坚持地劳动，不停地劳动，为他的广大的读者而劳动。

这是一八三五年，安徒生刚刚满三十岁。

谁最需要他写作呢？安徒生现在对自己要问这个问题了，因为他的作品已经在读者中发生影响。就他看来，最需要他写作的人莫过于丹麦的孩子，特别是穷苦的孩子，他亲身地体会到穷人家的孩子是多么寂寞。他们没有学校进，没有玩具，甚至还没有朋友。他自己就曾经是这样的一个孩子。他没有童年。他应该为这些孩子写些美丽的东西，富有现实意义的东西，使他们凄惨的生活有一点温暖，同时通过这些东西来教育他们，使他们热爱生活，热爱美和真理。他要写童话。他要做一个童话作家。

在一八三五年的开始，他写信给一个朋友说："我现在要开始写孩子们看的童话了。你要知道，我要争取未来的一代！"过了不久，他在另一封信中谈到他的童话时说："这才是我的不朽的工作呢！"

安徒生是一个有毅力的人。他做了这样的决定，他就要这样实行。就在这一年，他出了他的第一本童话集，里面包括四篇美丽的童话：《打火匣》《小克劳斯与大克劳斯》《公主的皮肤》和《小意达的花儿》。从这时起，他把精力都放在这件工作上去，每年圣诞节出一本童话集，作为他送给小朋友的礼物。他从三十岁一直到去世的前两年（一八七三年）止，很少间断过。他整整写了四十三年的童话，发表了一共一百六十多篇作品。在世界的童话作家中，很少有人像他为小朋友写过这样多的东西。

他过去的艰苦生活、学习、写作和旅行，就现在看起来，完全是他这件有意义的工作的一种准备和练习。事实证明，他的这种准备和练习是必要的。只有经过这样的准备，他才真正能写出不朽的作品。

五

　　童话是安徒生的主要创作。他的才华在这种创作中得到了充分的发展。对于安徒生说来，童话就是诗。童话这种形式是他感到最自然的创作形式。在这种作品里，他能充分表现他对生活的体验、他的感情和爱憎。

　　从一八三五年到一八四五年这十年间，他所写的童话是专门给小朋友看的，所以他把这个时期的作品叫作"讲给孩子们听的童话"。现在小朋友们所常读的故事，如《打火匣》《坚定的锡兵》《野天鹅》《拇指姑娘》《皇帝的新装》《丑小鸭》《梦神》和《夜莺》就都是这个时期的作品。它们最能代表安徒生的写童话的艺术和他在这种艺术中的创造性。

　　因为他的童话广泛地在孩子们中间流传开来，他就不得不想到抚养孩子的成年人。安徒生说："我用我的一切感情和思想来写童话，但是同时我也没有忘记成年人。当我在写一个讲给孩子们听的故事的时候，我永远记住他们的父亲和母亲也会在旁边听。因此我也得给他们写一点东西，让他们想想。"这也就是说，他已经体会到童话应该具有教育意义，他应该让孩子在童话中学到一些东西。从一八四五年起，他又开始写一种新的童话。这种童话他都加上一个总名称："新的童话"。所谓"新的童话"就是用童话形式所写的现实生活的故事。这类的故事小朋友读起来有趣味，成年人看了也可以深思。《卖火柴的小女孩》《影子》和《母亲的故事》，就是这类作品。

一八五二年以后，安徒生把他所写的新童话都叫作"故事"。"故事"这个词在丹麦文里的意义范围很广。它既可以指极端富于幻想的作品，也可以指直接描写现实生活的小说。的确，安徒生在这个时期的作品有许多是描写现实生活的小说，连幻想的成分也很少了。这主要是他深入生活，更希望逼真地把生活表现出来的缘故。《柳树下》《她是一个废物》《老单身汉的睡帽》《沙丘上的故事》《园丁和他的主人》就都是这样的作品。还有许多作品则是用童话形式所写的散文诗，如《小鬼和小商人》《蝴蝶》和《恋人》。它们最能代表安徒生的抒情的一面。

他的童话当时在国内国外都得到广大读者的喜爱。这种成功主要是因为他的作品表现出一种民主主义精神和人道主义精神。这在当时具有一定的积极意义，因为它的对立面是封建制度的残暴和新兴资产阶级的无情的剥削，因而在一定的程度上表达出人民的思想感情。

安徒生是从穷苦人中来的，所以他能体会到穷苦人在一个阶级社会中所受到的委屈和痛苦。正因为如此，他对统治阶级表现出一定程度的憎恨。他对这种人的态度不是揭露就是讽刺。《野天鹅》中的那个主教，表面上虽然是道貌岸然，庄严正直，实际上却是一个心地非常毒狠的人。他不愿意看到一个心地善良的纯洁女子得到幸福，硬说她是一个巫婆，而要把她活活地烧死。在《她是一个废物》中，那个不劳动而生活得很好的市长，把一个整天站在水里为人洗衣而还吃不饱饭的贫苦妇人，讥笑成为"一个废物"，而且还说她不配当她儿子的母亲。

安徒生用简练的笔触，概括地勾绘出这种人的真实面貌、本质和品性。

这种靠别人的劳动而生活的人是高度自私的。他们的眼里没有人民。他们疯狂地享受，尽情地挥霍。他们在这方面有时发展到一种荒唐可笑的地步，如《皇帝的新装》中的那个统治阶级的头子就是这样的一个人物。他什么事情也不管，一天到晚只顾讲究穿漂亮的新衣服；他把民脂民膏拿来，专门满足他这种奢侈的欲望。他花了大量的金钱请来两个骗子，织出所谓不称职和愚蠢的人就看不见的新衣。对于这种人的愚蠢，安徒生没别的更好的办法来描写，只好让他自己赤身露体，招摇过市，让人民来把他看个仔细。他那群拍马吹牛的大臣们当然也不例外。

这种人当然也是庸俗不堪的。在《幸福的家庭》这篇童话里，安徒生象征地描写出一个贵族花园中一群蜗牛因为和贵族住在一起而感到骄傲自负的那种蠢样子。它们是为贵族服务的。它们生活的目的就是专门供这家贵族的食用。它们唯一的志愿就是像它们的祖先一样，某一天被蒸出来，放在餐桌上成为一盘"贵菜"。它们认为这就是它们光荣的事业！

跟这种人的傲慢和愚蠢成为对照的，是那些勤劳、勇敢和正直的"平民"。他们不是消耗者而是创造者。他们创造出丰富的生活。在他们的创造过程中，表现出他们无比的智慧和勇敢。他们虽然是"寒微"和"渺小"，但他们却有一颗明朗的和伟大的心。

《拇指姑娘》中的那个被人瞧不起的拇指姑娘就是这样的人。她处处受人奚落和侮辱，但这并不能丝毫影响她追求光明的决心。她跳出了癞虾蟆的泥巴底下的黑暗的家，她逃出了鼹鼠的没有阳光的地洞。凭她的善良和伟大的同情心，她终于得到被她救活的那只燕子的帮助，飞到光明的国度里去。《坚定的锡兵》也是一样。在外表上他是很生硬的，在性格上他是非常拘谨。但当他爱上了那个娇小的舞蹈家的时候，谁也没有他那样的热情。他无论在什么困难情形之下，始终不放弃他对她的忠诚。他并不因为鼻烟壶里那个恶魔的捣乱就动摇了他对她的爱情。最后他终于又和她会晤了。我们看到他变成一颗纯洁的心。《丑小鸭》中那只难看的小鸭，虽然他在许多庸俗人的眼中显得寒酸，甚至丑陋，但他的心却是非常伟大和美丽的。他处处受到迫害，他随时遭到讪笑，但他并不放弃追求美的决心。最后他终于来到了美丽的天鹅中间，而且得到了它们的尊敬，因为他自己原来也是一只美丽的天鹅。当他发现这个真理以后，他"却感到非常难为情。他把头藏到翅膀里面，不知道怎么办才好，他感到太幸福了，但他一点也不骄傲，因为一颗好的心是永远不会骄傲的"。

一个怀有高尚理想和志趣的人自然也是一个朴素和谦虚的人。这种气质是人民的本色。这些人是不怕困难和牺牲的，而且也有克服困难和作出牺牲的决心。他们毫不迟疑地为他人的幸福而奋斗，他们坚决地要追求更美丽、更高级的生活；而且他们也有胜利的信心。《野天鹅》中的艾丽莎，就是用辛勤不懈的劳动，战胜了在她周围的一切困难的。她摧毁了顽强妖魔的巫术，使她的十一位哥哥由野天鹅恢复人形。《冰姑娘》中的那个年轻的猎人洛狄，为了追求真正的爱情，用大无畏的精神打破了阶级的限制。他豪迈地说："只要你不怕跌下来，你就决不会跌下来的！"困难是吓不倒他的。《海的女儿》中的小人鱼，羡慕着人类的高级生活，下决心要获得一个人的灵魂。对于生活在两个世界里的人们说来，这是一件不可能的事，但是凭了她超人的毅力和牺牲的决心，她并没有遭到灭亡。相反地，她超升到神的领域，仍然有希望获得一个人类的灵魂。

勤劳勇敢、追求美、追求真理的人，不仅创造了生活，丰富了生活，同时还创造了艺术。也只有这样的人才能欣赏真正的艺术。《夜莺》中的那些王公大臣们是不懂得真正的歌唱的。事实上，他们生活在一个狭小的圈子里，养尊处优，连他们的花园里有一只美丽的夜莺这件事他们都不知道。他们不参加劳动，因而他们也就愚蠢得可观，连最普通的生活知识都没有。他们以为牛叫就是夜莺的歌唱。当他们听到了真正的夜莺的歌的时候，他们却厌弃它，而爱好人造的夜莺——这种夜莺只能唱几个固定的简单调子。稍微复杂一点的东西，这些王公大臣的头脑就接受不了。所以真正的夜莺也只愿意唱给皇家厨房里洗碗的那个小女佣人和天没有亮就起来打鱼的老渔夫听，因为他们才是它的"知音"。它不愿意在宫廷中住下来，它偷偷回到劳动人民中间去。

在《园丁和他的主人》中，那对贵族主人是不懂得真正高尚和美丽的东西的。他们根本不知道本国有些什么可爱的花果。他们更不知道，他们雇用的这位朴素勤劳而又聪明的园丁，会在丹麦的土壤上培养出怎样优美的品种来。他们只知道一切外国东西是好的，而好的东西一定都是外国来的。因此他们把他们园子里出产的东西都看成是外国货。对于这个勤劳的园丁说来，丹麦土壤上所长的树木和花草都是无上的美丽。他不仅是一个能干的园艺师，他还是一个伟大的爱国主义者。他使丹麦的花果在国外得到广泛的赞美。

艺术就是这样一些劳动的人民创造出来的。古今多少伟大的艺术家都是来自他们的中间。《孩子们的闲话》中的雕刻师，《古教堂的钟》里的诗人，《门房的儿子》中的建筑师，《金黄的宝贝》中的音乐家，都是劳苦人的儿子。他们通过艰苦的努力和辛勤的劳动，在艺术上得到很高的成就，对世界文化作出杰出的贡献。但在阶级的社会里，人民的天才经常在贪得无厌的市侩中间受到歧视和侮辱，有的被埋没，有的甚至还遭到灭亡。《铜猪》中的那个小画家就遭受到这样的命运。

这些故事中所表达的思想和感情基本上是人民的思想和感情，尽管像艾丽莎和小人鱼这类的人是出身于贵族——她们实际上是贵族中的叛逆。她们要突破贵族的那种庸俗的狭隘圈子而追求更高尚的生活。对安徒生说来，这样的人是真、善、美的化身。通过这些人的努力，我们的这位童话作家希望人们能走进一个美丽的世界——一个真、善、美的世界。但这些人是怎样努力的呢？他们只是单凭自己个人的毅力而斗争着。但个人的力量究竟是有限的。所以他们奋斗的结果，最高无非是达到他们个人所追求的目的，而这种满足往往最后是以与社会上落后的、反动的统治的势力相妥协为基础的。有时他们连个人的愿望都得不到满足——特别在安徒生后期现实意义较强的作品中是如此。《铜猪》中的那个小艺术家，《柳树下》中的那个恋人，最后都遭到灭亡。他们都成为当时社会制度的牺牲品，完全被它所摧毁。

这充分说明安徒生的思想有它的局限性。他虽然是一个民主主义者，但他的民主主义是以资产阶级思想为基础的。在这种思想的束缚下，他很难在他所描写的人物——大多数都是市井小民（由于他的出身的缘故，这些人物的生活他最熟悉）——身上看出光明的远景。这些人的命运，在他的笔下，一般都走到一个悲惨的结局。但他又不愿意看到这样的结局。在没有办法的时候，他把希望寄托在当权的贵族和富翁身上。他一方面批评和揭露他们的残暴和丑恶，一方面又希望他们大发慈悲，少做些坏事，多帮助苦难中的小民。这是一种非常矛盾的局面。这种矛盾他无法解决，于是他就想借助于上帝。他希望慈悲的上帝能拿出超人的力量，纠正人世间的一切不合理的现象。这就是安徒生的"人道主义"的实质。它是建筑在维护当时社会制度的基础上的，虽然在表面上看来，安徒生似乎对贵族和当时社会上的许多不合理的现象表示出相当强烈的不满。当然，这一点安徒生本人是不会认识到的。他还以为他是诚恳地站在人民的立场而为人民写作呢！他的悲剧就正在这里。

他用极大的同情和爱，描写劳苦的人在这个社会里所受的委屈和痛苦。《卖火柴的小女孩》是一个典型的例子。他对那个天真活泼的卖火柴的女孩寄予无限的同情和爱。当有钱人在欢乐地度除夕的时候，她在雪花飞舞的街头兜售火柴，希望能赚几个铜板而吃一餐饱饭。当然这样的天气不是兜卖火柴的时节。她在雪地里跑了很久仍然是一无所得，最后在极度的疲劳中她在一个墙角边坐下来。她闻到楼上飘下来的烤肉的香气；她也幻想过一下欢乐的除夕。就在这种幻想中，她梦见她的祖母来了。这位和善的老太太伸出温暖的手，把她带到上帝的家里。上帝使她得到满足，她在那里欢度了除夕。故事的这种发展可能在感情上给读者一定的安慰——也可以说给读者带来一定的麻痹。但它却不能说服读者——甚至也不能说服作者本人，因为在故事的结尾他还是不得不承认，这个可爱的女孩子在那个墙角下冻死了！

冷酷的生活现实终于要否定安徒生的上帝。因此他又不得不对"上帝"表示出一定的怀疑。这种怀疑随着他深入生活而加深。到了他的晚年，他简直要对"上帝"失望了。在他晚年的作品《冰姑娘》中，当那对年轻的恋人快要获得他们的"幸福"的时候，命运忽然毁掉了这种"幸福"。"多残酷啊！"女主角巴比德呻吟着说，"他为什么刚刚在我们的幸福快要到来的时刻死去呢？啊，上帝啊，请您解释一下吧！请您开导我的心吧！我不懂得您的用意，我在您的威力和智慧之中找不出线索！"换一句话说，"上帝"拆了安徒生的台，动摇了他的思想体系；但是由于他的世界观的限制，他又不能在现实的基础上进一步去找出正确的出路。这种情况使他产生一种无法解脱的、抑郁的甚至虚无的情绪，而这种情绪给他的作品——特别是中年以后的作品——带来了一些消极的、不健康的因素。

尽管如此，由于出身和生活经历的关系，安徒生在感情上到底是接近人民的；在思想上他也有许多地方突破了资产阶级和贵族的偏见。这是他的作品在丹麦人民中，在世界人民中普遍受到欢迎的一个主要原因。他歌颂人民的善良、创造性和智慧。他热爱丹麦的树林、湖泊、人民中所流行的朴实的风俗和习惯、美丽的传说和民间故事。他把这些东西跟丹麦人民的生活融在一起，写成诗一样美的童话。在这些童话中我们可以领略道地的丹麦风味、丹麦的风土人情、丹麦人民的喜怒哀乐和他们生活中的诗。

他爱人民的丹麦，但他也并不是一个狭义的爱国主义者。他对于别的民族的生活、创造和传说也同样感兴趣。他常常到国外去旅行，跟别的民族的人民生活在一起。他有许多童话就是描写外国人民的生活和斗争的。《永恒的友谊》是写希腊的爱国志士反抗土耳其人压迫的故事。《雪后》是写芬兰和住在北极圈里拉普兰人的故事。《冰姑娘》是写瑞士人的故事。《妖山》则是以挪威为背景。他虽然没有来过中国，但他两篇最美丽、最富有诗意的童话《夜莺》和《牧羊女和扫烟囱的人》则是取材于中国的。那时到中国来旅行是很困难的，但安徒生却常常想拜访中国。他从很小的时候起，就有一个美丽的幻想。他说，从奥登塞河一直往下走，就可以到达中国。

安徒生极端反对民族间的仇视和自大狂。他的童话《烂布片》就是讽刺狭隘的民族主义的。他主张民族间的和平共处和相互友爱。只有在相互友爱中，我们才可以得到和平和幸福。他象征地说，烂布片被造成了纸，事又凑巧，用挪威烂布片造成的那张纸，被一位挪威人用来写情书给他的丹麦女朋友；而那片丹麦烂布成了一张稿纸，上面用丹麦文写着一首赞美挪威的美丽和力量的诗。你看，甚至烂布片都可变成好东西，只要它离开了烂布堆，经过一番改造，就变成了友谊和美！

因此，他赞成世界各国人民间的文化交流。他本人就是一个很好的例子。他到许多国家去旅行过。他不仅了解许多国家的人民生活，同时还认识了许多国家的文化人。他珍视本国的文化成就，但同时他也尊重别人的文化成就。英国的小说家狄更斯，德国的诗人海涅，法国的诗人和小说家雨果，都曾经和他建立起很深的友谊。

安徒生是生在一个文学上怀古的浪漫主义时代。但他不仅没有受到这种潮流的影响，而且对它是取一种否定的态度。当时浪漫主义者所歌颂的黄金时代——中世纪，在他看来却是充满了黑暗、残酷和屠杀的时代。《波格龙的主教和他的亲族们》《祖父的画册》《幸运的套鞋》就是很好的例子。正因他反对过去的黑暗和无知，所以他特别歌颂近代的进步和科学发明。在

《一串珠子》中，他把火车歌颂成为珠子，在《海蟒》中他把电线形容成为四通八达的生物。这跟他追求民族间的友爱和世界和平的理想是一致的。在《新世纪的女神》中，他说："欧洲的火车将会达到亚洲隔离的文化区——两种文化的潮流将会汇合在一起。"

安徒生不仅在反映人民的生活、感情和愿望方面继承了丹麦人民文学的优良传统，他在他的创作风格、形式和语言方面也是如此，并且加以发扬和再创造。

他大量地吸收了民间故事的优点，创造出一种人民所喜爱的、朴素简单而活泼的形式。如在《打火匣》中，他一开头就用简单明了的字句把故事中的主人公的姿态生动活泼地描写出来："公路上有一个兵在开步走——一、二，一、二！"这使我们不仅看到这个兵，还使我们听到他开步走的声音。在《老头子总不会错》中，他一开头就老老实实地告诉读者："现在我要告诉你一个故事，这是我在小时候听到的。"他非常自然地把读者引到他所要讲的故事中去。至于他的文字中所特有的那种幽默感和风趣，更是从人民的语言中吸收进来的。所以人们读安徒生的作品的时候，总感到非常亲切，好像是他们生活的一部分。安徒生说："我跟人民的血肉关系，是由于我运用了民间的语言。"

向读者——小朋友——学习，也是安徒生在艺术上成功的主要因素之一。他学习他们的语言，观察他们的行动，了解他们的心理状态，然后才写出他们所喜爱的故事。他的《小意达的花儿》就是这样写成的。他常常到丹麦名诗人蒂勒家里去，跟主人的小女儿一道玩耍。他讲了许多故事给她听。有一个故事是关于哥本哈根的花儿跳舞的事情。花儿怎么能跳舞呢？这完全是安徒生编的一个故事，但是那个小女孩越听越出神，结果她自己想出许多关于这些花儿的美丽的事情来。她凭她的想象作了许多很有趣的描写。安徒生观察她的表情，研究她的语言和她的心理状态。结果他就写出一篇美丽的童话。他说："我写这篇童话的时候，引用了她的一些话语。"

安徒生的童话语言是非常形象化的。譬如他把失去了烟斗的烟杆叫作"空心手杖"。[1] 这种形象完全是根据小朋友的心理创造出来的。因为他们不抽烟，所以烟管跟他们的生活没有直接联系，但他们却常常看到老爷爷或老祖母所用的手杖很像烟管，结果他们就把烟管想象成为"空心手杖"。在《恋人》这篇童话中，一个陀螺对球儿吹牛，说它的出身高贵，因为它是市长消遣时亲手把它车出来的。但是球儿不相信。于是陀螺急了，就这样发起誓来："如果我说假话，就请上帝不要叫人来抽我！"自以为了不起的陀螺，认为被人抽是最光荣的事情！但是在孩子们看来，这是最自然不过的，因为陀螺的唯一功用，就是被人抽得团团打转。当然这个故事还寓有别的深意：安徒生是故意把这个好吹牛的陀螺拿来讽刺那些虚伪的上流社会人士的。

这些短短的抒情故事，说明安徒生的童话的特点：简单、朴素、充满了人民的风趣和幽默感，反映出人民的情感和生活中的诗。这个特点不仅使他的作品成为丹麦的儿童（包括成年人）的心爱读物，同时也成为十九世纪儿童文学中的一种典范。

---

1. 见安徒生的童话《在育婴室里》。

167

六

作为一个童话作家，很自然，安徒生非常关心他的读者——小朋友。他喜爱他们，他对他们怀有深厚的感情。他拜访朋友的时候，总不忘到婴儿室里去看看朋友的孩子。他常常在婴儿室里坐几个钟头，讲童话给他们听，或者给他们剪些美丽的图案，如女舞蹈家、丑角、风车和鹳鸟等，因为这位童话作家不仅是一个会讲故事的人，还是一个剪纸的能手。所以与其说他拜访朋友，还不如说他拜访小朋友。当朋友家的小朋友病了的时候，他就常常送些礼物去，而且还很有耐心地坐在他们床边安慰他们。如果他的童话剧在卡生诺剧场上演的话，他还特别请他们去看戏。卡生诺剧场是哥本哈根公众游乐场卡生诺公园里的一个有名的剧院。

他特别关心不幸的小朋友，如饥饿的孩子和孤儿。每次他碰到这样的孩子的时候，他心里总是念念不忘的。他时时刻刻想给这样的小朋友找到一些安慰，因为他知道不幸的孩子是最需要安慰的。他的这种关心从下面的几段日记可以看得出来：

一八六八年十二月二十三日：在梅萧尔家吃晚饭。我们每人得到一棵小小的圣诞树。主人答应把我的一棵第二天送到我家里去，好使我能把它送给哈拉格女士收养的一个小女孩。

一八六八年十二月圣诞节：我在梅萧尔家吃晚饭

168

时立在餐桌上我面前的那棵圣诞树，昨夜我送给哈拉格女士，请她转送给小小的吕拉。当这树送到的时候，这个小宝贝正光着身子站在澡盆里洗澡。哈拉格小姐正在把水浇到她头上。这才是值得画下来的一幅图画呢。

　　一八六九年二月六日：买了一根狂欢节的桦木条（这是丹麦一种涂着漂亮颜色的枝条，在狂欢节时送给孩子当作马骑），打算送给哈拉格的小养女。我得亲自把它送回家去，因此我放弃到剧院去看戏的计划。

　　孩子是新生的一代，人类的花朵。安徒生对他们的喜爱是没有任何保留的。他不仅爱丹麦的孩子，世界任何国家的孩子他都喜欢。凡是和他有过接触的孩子，他都和他们建立起亲密的友谊。这些孩子也关心他，把他当作自己一个很要好的朋友。

　　一八四五年他住在德国诗人摩生家里。摩生的小儿子爱力克非常喜欢他。一天晚上，这孩子的母亲对爱力克说：安徒生第二天早上就要离开，恐怕要过很久以后才能有机会再来。爱力克听到这话马上就哭起来。他上床去睡的时候，特别请他父亲把他心爱的一个锡兵送给安徒生，免得这位童话作家在路上感到寂寞。安徒生非常感动。他一直忘记不了这件事情——它给他的印象这样深，后来他竟把这个锡兵当作一个人物写在他的童话《老房子》里。

　　安徒生和他在世界各地的小读者都经常保持联系。有的小读者成为了他一生很要好的朋友。他们有什么问题或困难就写信给他，而他也尽可能地回答他们的问题或解决他们的困难。安徒生就是这样和一个生在非洲的小女孩玛莉·力文斯东建立起友谊的。当这位小朋友和她的姐姐迁到英国来住的时候，她立即写一封信给安徒生：

亲爱的安徒生：

　　我非常喜欢读你的童话。我真是想来看看你，只是我没有办法来。所以我只好写这封信给你。待我爸爸从非洲回来后，我一定要他带我来看你一次。我在书上最喜欢读的童话，就是你的《幸运的套鞋》《雪后》等。我爸爸的名字叫力文斯东。我现在把我的名片和爸爸的签字送给你。我祝你好和新年快乐。

　　　　你的亲爱的小朋友玛莉·力文斯东

　　附记：请你立刻给我一封回信。我的地址写在第一页上。还请你把你的名片送给我。

　　安徒生依照这位小朋友的请求，马上就写封回信给她。后来他们就经常通信。玛莉的姐姐亚格奈斯到丹麦来时，还特别看过安徒生一次。安徒生把他最后的童话集托她转送给这位小朋友。有一天玛莉听到她爸爸在非洲去世的谣传，她非常难过，只好写信给安徒生，希望能从他那里得到一些安慰。安徒生的确也不使她失望。他写了许多亲切的长信给她。安徒生写这些信的时候，一点也不随便。他非常谨慎，怕词用得不恰当而引起她的悲哀。他常把他写好的信拿给朋友看，请他们提些意见。安徒生这样细心，无怪玛莉在一封信的"附记"里说："我非常爱你，亲爱的、亲爱的安徒生。"他们的通信一直继续到安徒生去世前不久才停止。

　　安徒生一直没有去过美国，虽然美国曾经多次有人请他。

他并不认为美国是一个自由幸福的国家，[1] 因为那儿的统治者眼里只认识钱。但这并不等于说他不喜欢美国人，特别是美国的小朋友。他在美国有许多小读者，他经常跟他们保持密切的通信关系。当美国的小朋友听说美国的书商拿他的童话在美国出版而不给稿费时，他们非常关心他，怕他没有办法生活下去而不能再写童话，因此他们收集了一笔捐款寄给他。后来安徒生自己提议，请他们不要寄钱来，而把钱拿去买他们心爱的书读，他们因此常常寄来他们心爱的礼物，并致亲切的问候。这给安徒生无限的快乐和鼓舞。

热爱人民和小朋友的人，必然也会热爱自己的祖国。的确，安徒生是一个伟大的爱国主义者。他的作品充满了浓厚的丹麦风味就是这个缘故。他认为他的作品具有丹麦的民族风格是一件最光荣的事情。他在给他的朋友茵娜·斯丹布的信中说："我永记不忘和感谢你的一件事，就是你从心里理解我的丹麦精神。"这里所谓的"丹麦精神"是指丹麦人民生活中的高尚品质和他们在艺术中所创造出来的优秀传统。他爱他的人民和他的人民的国家。

一八四八年普鲁士军国主义侵入丹麦的国境，掀起战争，一直到第二年才停息。这种侵略行为引起安徒生极大的愤怒。作为一个童话作家和诗人，安徒生在德国是享有盛名的。每次他到德国去时，总有许多德国朋友来欢迎他，其中也包括德国上层社会的知名人物。一八五二年，在和平恢复了三年以后，他到德国的法兰克福城去旅行。迎接他的一位朋友说，奥古斯登堡公爵夫妇正在家里等着他，希望他去和他们会见。奥古斯

---

1. 请参看安徒生的童话《没有画的画册》中的"第十五夜"。

登堡公爵本来是安徒生的一个朋友，但他却参加过一八四九年普鲁士侵略丹麦的战争。

"我怎么能去看奥古斯登堡这个家族呢？"安徒生回答迎接他的朋友说，"这一家人给我的祖国带来了许多灾害，去拜访他是完全违反我的感情的。就是在街上碰见他们都要使我感到痛苦呢。我决不能去见他们，我不愿去见他们——随便公爵夫人怎样说吧！"

一八六四年普鲁士军国主义的头子俾斯麦又侵入丹麦的领土。丹麦一连吃了几次败仗。安徒生一方面感到愤怒，因为这是一个大国侵略小国的不义战争，一方面又感到痛苦，因为他已经是六十岁的老人，不能直接参加这次卫国战争。他的心情沉重到了极点。本来有朋友请他到挪威去旅行的，这时他也不愿意去了。他在给一位朋友的信中说："阻止我去的一个最大的理由是，我怕在那儿受到人们的欢迎。这跟我目前的情感不相称——我忍受不了！"

他仇恨敌人和热爱祖国的感情也可以从这个时期的日记中看出来：

一八六四年四月八日：我跟英国的一位外交人员——一个作家的儿子——布尔瓦·里顿在一道。我不得不讲英文。里顿的德文讲得非常好。但是在我心的深处我不愿讲这种语言——我觉得它完全和丹麦人的情绪不相称。因此我说："在目前我似乎在这语言中听到了炮声和敌人的叫声。我宁可跟您讲蹩脚的英语。"

一八六四年四月九日：敌人夺去了我们在杜波尔的左翼新工事。我痛苦极了。

一八六四年四月二十一日：在荷尔门教堂外面，我遇见近卫军的一个受了伤的军官罗深。他把我带到停尸所里去看他当副官的弟弟的尸体。落日正照进来。教堂的看守人把棺材盖揭开。死者躺着一声不响，样子很温和，好像在睡觉一样……我不禁哭起来……

一八六四年四月二十八日：在工人俱乐部里，我朗诵《牧猪人》给一个寡妇听。她的丈夫在战场上牺牲了。只留下一个很小的孩子。当我读到"啊，亲爱的奥古斯玎妮"[1]的时候，我觉得念德文非常别扭。结尾那句"一切都完了"似乎是一个不好的预兆，因此我念到这句话时，把声音降得特别低。我回到家里时感到非常不安和痛苦。

战争结束以后，安徒生始终忘记不了德国军国主义所带给丹麦人民的灾害。德国撒克斯·魏玛的大公爵卡尔·亚力山大是安徒生的一个朋友，过去曾多次接待过他。一八六七年六月一日安徒生在德国旅行时，忽然在火车里看见他。安徒生在当天的日记中这样描写他当时的感情：

我在吉森发现大公爵卡尔·亚力山大和我乘着同

---

1. 这是这篇童话中引用的一支德国歌中的一句。

173

一节火车。我也认识他的侍从。我不能走出来去和他握手——这实在是很痛苦的。我不知道，他看见我会作何感想；我也不知道，假如我忠实于我的感情的话，我对他会采取什么行动。因此我把窗帘子拉下来。到了洪得好森我们就分路了。他去魏玛；半小时以后，我到了加塞尔。

在忠实于祖国这个问题上，安徒生是没有什么私人感情可言的。哪怕是他最好的朋友。如果任何人说了对不起丹麦的话，他马上就会跟这种人疏远。他的这种情感不仅在战时是如此，在任何时候都是这样。德国军国主义的侵略战争结束十年以后，他在一八七五年七月二十三日（他去世前两星期）的日记上写过这样一段话：

> 哈拉得伯爵称赞普鲁士人和他们的胜利。这使我非常生气。一个大国把一个武器较差的小国战胜了，我不能称赞它。当我说他们的土地是抢夺过来的时候，他说他们好比一个穷人，辛辛苦苦地工作，终于变得伟大。我觉得他这个比喻是完全虚伪的。这使我感到讨厌。这位老伯爵问我为什么不戴上德国送给我的勋章，我说我没有这个心情。

他的这种态度在当时代表了人民的感情。所以安徒生当时受到广大读者的喜爱，并不单纯是由于他的作品的成功，而且是由于他具有坚强的民族气节。他在艺术上的成就和他的言行是当时进步知识界的一个象征。所以丹麦人民重视他，给予他以应有的爱戴和尊敬。

在一八六七年十二月六日这一天，他的故乡奥登塞的市民特别欢迎他回去，因为在这一天大家要送给他"奥登塞市荣誉公民"的荣誉称号，以纪念他一生在文学上出色的劳动和成绩。在这一天，奥登塞全市都张灯结彩，非常热闹。各学校也都放了假，让学生来参加这个盛大的节日。

在黄昏的时候，每家的窗子里都点上了蜡烛；每家的门洞下都亮着灯笼。安徒生在市政厅的阳台上，面对着市中心的广场站着。他可以看见明亮的火炬从大街小巷里慢慢地向这广场汇集来。小朋友的声音在寒夜的室中震荡，唱着安徒生所写的赞美丹麦的颂歌。人群高举着火炬像流水似的流到一起。忽然间，广场的中心冒出一朵烟花，照亮黑暗的天空，也照出无数人的笑脸。安徒生听到一阵雷吼似的声音在对他欢呼。幸而这烟花一会儿就熄灭了，不然大家将会看到他眼睛里流出来的热泪。在他的自传《我的一生的童话》里，他这样描写出他当时的情感：

> 我觉得我自己很卑微，无力和渺小。我好像是站在我的上帝面前一样。我在思想、言语和行为各方面的弱点，现在都在我的面前展开。这一切都在我的灵魂里突出地直立着，好像这个纪念日就是我的审判日似的。当人们这样赞扬和尊崇我的时候，上帝一定会知道我是感到多么卑微。

在这一段话里，安徒生表现出他为人的本色。他一点也不因为自己有点成绩就感到骄傲起来。在人民面前，好像"在上帝面前一样",他只觉得自己很卑微、无力和渺小;他只记起了他的缺点。他希望人民来"审判"他。人民的确考验了他和他的作品,并且还为他作出了结论。

但他自己却没有能为自己作出结论。他希望他的人民得到幸福,过着快乐的日子。他用充满了爱的美丽的故事鼓励人们向真、善、美追求,也希望他们成为幸福和快乐的人。他提倡民族之间的文化交往和友谊,希望全世界的人可以借此得到幸福与和平。很明显,他的这些愿望一样也没有实现。他中年以后的那些充满了抑郁情绪的、描写市井小民的遭遇和贫苦儿童的生活的作品就是很好的明证。最糟糕的是他在晚年还亲眼看见德国军国主义掀起一系列的战争。这是什么道理呢?他回答不出来。他从没有怀疑当时的社会制度,虽然他对这个社会制度下的某些现象有反感。因此他没有能在这方面去追究那些造成人民疾苦的真正根源。所以他也找不出正确的出路。他的苦闷随着时间的进展而加深。他的世界观和他对人民的同情就这样在他身上构成一种不可调和的矛盾。这个矛盾一直伴随他到他生命的最后一瞬间。

在一八七五年八月四日的早上,他—— 一个老单身汉——静静地躺在奥列·松得[1]旁边一个朋友家的小房里。窗外的浪涛声和海鸥声形成一种天然的交响乐。这是他儿时在富恩岛上经常听到的一种音乐。他这时似乎在这音乐中又听见了他那个当鞋匠的父亲的钉鞋声、当洗衣妇的母亲的浣衣声和求乞的老祖母的喂鸡声。他的嘴唇微微地动了一下,好像是在说:"亲爱的人们啊,你们是这样辛苦,我感谢你们。你们不仅给了我生

---

1. 这是哥本哈根旁边的一道海峡,对面就是瑞典南部的美丽城市玛尔莫。

命，你们还教育了我——教育我怎样做一个劳动有用的人。"于是他又联想起了"上帝"。他和这些人生活在一起的时候，一有苦恼，就要祈祷"上帝"。他要不要在这最后的时刻祈祷一次"上帝"呢？转念一想，他觉得没有必要，因为"上帝"从来没有解决过他的任何问题。

就这样他慢慢地合上眼睛，再也没有睁开。

后　记

　　这里的几篇东西是我的旧作的一部分，有的还没有发表过。现在把它们收集在这个集子里，主要是由于它们有这样一个共同点：它们所写的内容都是有关外国儿童和少年的生活与斗争。当然，《鞋匠的儿子》是一篇有关安徒生的故事，但它所写的也主要是这位童话作家的少年时代。

　　另外一篇《别离》中的人物有一半是中国人，但他们也是在海外生活的。这样的人物，由于过去旧中国连年兵荒马乱、民不聊生，再加之官僚和地主阶级的高度封建剥削，漂流到海外去的为数不少。他们在没有祖国保护的情况下，凭自己的吃苦耐劳，渐渐打下了生活基础。他们一般都能和当地的民众建立起亲密的友好关系，有的生活得还不错；但他们总是盼望祖国新生，有一天能回到祖国。《别离》中的人物，有些是我见过的。一九四九年我从欧洲返国、路经亚丁港的时候，曾和他们交谈过，参观过他们的"杂货店"和"旅馆"。他们对祖国和对路过的祖国同胞怀着那么强烈的情感，和他们交谈过后，我心里激动得好久平静不下来，因而就写出这样一篇故事。

　　上面就算我对读者所应做的关于这本书的交代。

　　　　　　　　　　　　　　　　叶君健　1961 年 11 月